A filha do Dilúvio

©2021, Miguel da Costa Franco
©2022, Miguel da Costa Franco, 1ª reimpressão

Todos os direitos desta edição reservados à Libretos.

Edição e design
Clô Barcellos

Foto de capa: João Mattos
Gramíneas: © Andrew7726 | Dreamstime.com

Revisão
Célio Klein
Grafia segue Acordo Ortográfico da Língua Portuguesa de 1990 adotado no Brasil em 2009.

Dados Internacionais de Catalogação na Publicação:
Bibliotecária Daiane Schramm – CRB-10/1881

F825f   Franco, Miguel da Costa
        A filha do Dilúvio. / Miguel da Costa Franco. –
        Porto Alegre: Libretos, 2021; 1ª reimp. 2022.
        208p.; 14cm x 21cm

        ISBN 978-85-86264-29-6

        1. Literatura Brasileira. 2. Romance. I. Título.

                                        CDD 869

É proibida a reprodução desta obra, ainda que parcial, sem autorização expressa da editora.

Rua Pery Machado, 222/B, 707
Bairro Menino Deus, CEP 90130-130
Porto Alegre/RS – Brasil
www.libretos.com.br
libretos@libretos.com.br

MIGUEL DA COSTA FRANCO

A filha do Dilúvio

Libretos

Porto Alegre, 2022
1ª reimpressão

Com os agradecimentos do autor

Carmen Silveira, Christina Dias,
Fernando Guimarães, Flávio Torres, Letícia
Wierzchowski, Lizete Oliveira,
Luiz Malheiros, Márcia Bystronski,
Maurício Furlanetto, Mônica Maligo e
Socorro Assis, pelas críticas e contribuições
ao longo da construção deste relato;

Dóris Borges, Mirita Melo e Tânia Salgado,
por compartilharem, de forma extensa,
aberta e generosa, suas experiências
pessoais relativas ao parto;

Clô Barcellos, Márcia Bystronski,
Marina Franco, Mirita Melo e
Sérgio Lulkin, pelas valiosas sugestões
decorrentes da cuidadosa leitura prévia
dos originais;

Jornal *Boca de Rua*, por ampliar o meu
conhecimento e a minha consciência.

Este livro foi escrito
entre março de 2019
e fevereiro de 2021.

Nossa capa

João Mattos é jornalista e trabalha com fotografia há mais
de 25 anos. A foto foi obtida em Porto Alegre/RS, no dia 9
de agosto de 2009, na esquina da Avenida Ipiranga com a
Ramiro Barcelos: a água do arroio quase alcançando a ponte.
http://joaomattosfotografia.com.br

Dedico este romance
a Marina, Isadora e Laura,
que me fizeram conhecer
as alegrias e as agruras
da paternidade.

Parte I

Na batalha pelo hoje	11
O nascimento de Doralice	16
Vertigem burguesa	23
O sucesso pessoal	31
O segredo de passar despercebido	39
O que foi feito de Rosa	46
"Eu moro aqui"	54
"Apaga a luz, por favor"	62
Cu e calça	67
O filho do juiz	72
Lagartixa na coxa	79
O deus de cada um	84
O andar de cima e o de baixo	89
Olhos acuados	96

Parte II

"Vai dar merda!"	103
Vendo um gato muito burro na tevê	108
Quem tem e quem não tem	115
Dissintonias	120
Três tetos sólidos	126
"Não abre o forno, bandido!"	132
"Era pra esconder alguma coisa?"	137
Um dia de cada vez	141
Pai é pai, mãe é mãe	146
Um apartamento iluminado	151
"Cada um é senhor do seu destino"	155
A paz de volta e tiptops	161
Outra vida pela mão	165
Pedradas certeiras	169
Entre favores e riscos	177

Parte III

A solidão das vidas vazias	183
Em dívida com a humanidade	189
A fina lâmina da felicidade	195
Simplesmente Dora	202

PARTE I

Na batalha pelo hoje

Doralice nasceu numa noite quente, perto da virada da lua cheia, num capãozinho de mato à beira do Rio Guaíba, limite oeste do Parque Marinha do Brasil. Na certidão de nascimento, se um dia viesse a tê-la, poderia constar o dia 18 de dezembro de 2002. Rosa, a mãe, não queria saber de parir novamente num hospital. Nunca se esqueceria do que lhe acontecera na vez anterior, na maternidade da Santa Casa, recém-chegada de uma fazenda perdida em algum canto de Estância Velha. Preferia morrer e deixar morrer.

O parceiro Caçapava dedicou à Rosa e sua frágil extensão, Doralice, o desafio íntimo de defendê-las depois que a menina nasceu. Encontrava-se na porção final da fila da bem-aventurança, ele sabia disso, mas jamais seria o último dos últimos. Não só ele. Carregava consigo todos aqueles a quem definia como *os seus*.

Muitos anos antes, assim que chegara do interior à capital, ele havia trabalhado como pedreiro e auxiliar de limpeza. Duas vezes, arrumou uns bicos de garçom. Atingiu o ápice como porteiro de edifício. Quando perdeu o teto onde morava e a vida desandou de vez, ganhou uns trocos como guardador de carros e catador de papel, vendendo o que conseguia para um gordo mal-humorado que passava numa camionete azul. Aos poucos, foi tratando de se livrar do dinheiro, de que nunca soubera fazer bom uso.

Rosa entrou em sua vida durante o inverno anterior, quando já estava grávida de Doralice. Revirava uma cesta de lixo na Avenida Independência. Caçapava ficou feliz que ela fosse uma *desinibida*, pois, aceitando atacar os rejeitos dos outros, teria mais chances de alimentar o seu filhote. Ele não tinha pudores de comer o X-latão, como desdenhavam os *envergonhados*, que nunca apanhavam nada das lixeiras por medo de passar mal ou por excesso de pruridos. Achava isso uma bobagem, ultrapassara a fase de sucumbir ao que pensava de início ser pura humilhação. Aprendera que o lixo costumava ser rico. O segredo era percorrer as zonas certas. Encontrava-se de tudo nele: latas de leite vencidas, mas aproveitáveis, potinhos de iogurte e achocolatados lacrados, grãos um pouco roídos, que a fervura ajudava a limpar, refrigerantes sem gás, restos de pizza ou de sanduíches de ontem. Nos dias de apagão da energia elétrica, depois de algum temporal, podia-se passar muito bem: já encontrara entre os resíduos descartados frango ou nacos de carne congelada, comida pronta bem temperada e até saquinhos de camarão.

Depois de vê-la catando comida nas lixeiras, Caçapava seguiu atrás de Rosa pela cidade, a uma distância que a deixasse segura, para conferir onde se malocava. Na primeira noite, amoitou-se no Parque da Redenção, sob uma amoreira, para os lados do Auditório Araújo Vianna, e ele achou por bem ficar perto dela. Escolhera um lugar ruim, muito vazio. Mulher sozinha na rua era raridade, alguém podia querer abusar disso. Estava acostumado a dormir com um olho só desde que uma gurizada bêbada havia ateado fogo nele. Vivia na rua há mais tempo do que era capaz de lembrar.

O médico do posto de saúde da Rua Jerônimo de Ornellas dizia que, por mal dormir, ele estava ficando maluco. No Albergue Dias da Cruz, também não o aceitavam mais por isso. A receita do doutor, fosse para uma catarreira braba ou para um talho de canivete que ele apresentasse, era sempre a mesma: comer melhor, dormir o necessário, evitar a chuva e o frio. Quem duvidava ser essa a receita da felicidade?

Acampou numa marquise do auditório e ficou de olho em Rosa, ouvindo a cidade roncar. Era uma noite pontualmente abafada, com uma brisa leve. A cadela Furiosa ajeitou-se nas pernas dele, mordiscando pulgas. Dormiram amontoados, o homem e o bicho, olhando as palmeiras da Osvaldo Aranha a pincelarem o céu com delicadeza para lá e para cá.

Rosa só percebeu a companhia distante uns dias depois. Para onde se movia, lá estava aquele sujeito por perto.

Na hora da missa, ela arrumava uns trocos na frente da Igreja Santa Terezinha, e o padre, às vezes, antes de fechar as portas enormes, dava-lhe um pouco de pão dormido. Conseguia frutas nos armazéns do Bom Fim e restos de comida e copos de leite nas lancherias, em geral por causa da barriga proeminente. Ou, na falta de ajuda, recorria ao conteúdo das lixeiras. "Foda-se". Conhecera a fome ainda criança. Barriguda, agora, necessidade não passaria por causa de nojinhos bestas. Já comera muita coisa ruim nos tempos de Estância Velha.

Caçapava, ao contrário, nunca gostava de pedir nem de receber caridade. Sempre garantia por outras vias o que precisava para se alimentar. Uma noite, ele se aproximou de Rosa e lhe ofereceu um caldo feito com restos de feira. Devia ser sábado, fazia frio e ela estava triste.

– Tá querendo trepar comigo?

Ele fez que não com a cabeça.

– Me viro sozinho e tenho idade pra ser teu pai.

– Tem carne? – ela perguntou, de olho na sopa. – Sinto muita falta de carne.

– É assim. O bichinho aí do bucho demanda. É pra quando este bacuri?

Mas Rosa não sabia ao certo quando pegara cria.

A sopa restauradora cuidou de selar a união dos dois, muito mais não conversaram. Caçapava convidou-a para se juntar a ele em seu acampamento, pois aquele vento morno era prenúncio de chuvarada. O mocó dele estava bem protegido. Ela aceitou a oferta, estava começando a sentir o peso da barriga e o homem parecia ser boa pessoa. Não era um mendigo – ou *mindingo*, como diziam –, via-se que ainda se importava. Estacionou seu carrinho de supermercado perto das coisas dele. O velho – velho para ela – emprestou-lhe um par de meias grossas e a convenceu a se enrolar numa lona plástica para suportar melhor a umidade da noite.

A cadela caolha, que ele chamava de Furiosa, se enrodilhou aos seus pés. Estava sempre grudada nele. Às vezes, dava umas escapadas, mas voltava a encontrá-lo, mesmo que demorasse um dia ou dois e eles tivessem mudado de lugar o acampamento. Logo, incorporou a mulher grávida ao seu círculo de protegidos, latindo para quem se aproximasse demais.

Cruzaram meses juntos, Rosa e Caçapava, ora protegidos na Redenção, ora abrigados em alguma aba dos arredores da Avenida João Pessoa quando ameaçava chover, pois Rosa refugava os albergues por medo de botarem de sobreaviso o Conselho Tutelar. Eram parceiros na luta; nada além disso. Pouco tinham trocado sobre suas experiências anteriores, evitavam afundar-se em detalhes de histórias sabidamente difíceis. A batalha solidária pelo hoje era mais relevante.

O nascimento de Doralice

Rosa passou os dias anteriores ao parto de Doralice vigiada à distância por Caçapava, enlouquecida a caminhar pelo Parque Marinha do Brasil, como se houvesse extraviado em algum recanto qualquer algo de valor que tivesse urgência em reencontrar. Ficou nesse frenesi, para lá e para cá, falando sozinha, irritada e hostil, até que a bolsa se rompeu, num começo de tarde, e suas entranhas passaram a anunciar uma novidade já conhecida. Afinal, vivia sua quarta gravidez e seria sua terceira parição. Flutuou pelo restante do dia, ora apreensiva, ora como sonâmbula, repassando lembranças más e aflições profundas. Mal quis comer.

Naquela noite, a lua quase cheia, indo e vindo atrás de nuvens, espalhava uma luminosidade difusa, que bailava com as ondulações do rio-lago. Luzinhas natalinas piscavam sua felicidade programada, contornando janelas e prédios. Enfeitado de cores brilhantes, com longas correias de lâmpadas chinesas administradas por temporizadores, o Centro Administrativo do Estado parecia uma saia de cigana dançando na escuridão. Abusava de seu direito a se divertir numa hora daquelas, em que deveria, em verdade, se penitenciar de sua incúria.

Os dois parceiros passariam a madrugada inteira nessa novela encardida. Rosa, bufando e praguejando, foi se livrando das roupas aos poucos, até ficar totalmente nua. Caçapava, na maior parte do tempo, assobiava milongas e chamamés. No mais, tinham com eles o crepitar do fogo, o frescor úmido da brisa, os sapos e os grilos, o desassossego das águas buliçosas do rio lambendo o juncal e as pedras da margem.

A cadela Furiosa, companheira dedicada, se encarregava de vigiar o acampamento erguendo as orelhas e o focinho a cada tanto e acoando para os bichos, visíveis ou invisíveis, que se aproximavam.

Quando as dores nas costas apertaram e uma manada de elefantes começou a pisotear sem dó os quadris de Rosa, esmigalhando o que podia de seus ossos, ela se pôs de quatro, como um animal. Era como ficava mais confortável. Já pouco ouvia do que o outro lhe perguntava. Com os sentidos voltados para o seu interior, circulava por outros mundos.

O ambiente fedia a algas em decomposição. Caçapava havia improvisado sob a copa das árvores, num desnível da margem do rio, um ninho de colchonetes, de modo que Rosa pudesse apoiar os pés na parte baixa e sentar-se na porção mais alta. Usou uma pedra grande e arredondada como braço de poltrona, para que ela firmasse a mão em matéria sólida na hora do aperto. Também poderia se deitar entre um esforço e outro, se quisesse, sobre um colchão que ele dispusera na parte de cima do barranco, meio enrolado, para servir também de encosto. Ele achava que assim, apoiada, seria mais fácil para Rosa se conduzir no parto.

Mas ela embestara de ficar de quatro no aclive, tipo bicho, num transe lamuriento, respirando fundo e rosnando, parodiando mugidos, rezando, urrando a cada tanto. Alongava a coluna, soprava o ar com força, balançava o corpo lateralmente, como se ninasse o bebê ainda no útero. E assim ficou por horas, sem domínio pleno sobre o que expelia de si.

Num momento em que se apercebeu estar mais visível aos olhos dela, Caçapava deu-lhe uns goles de cachaça para amansar a dor e um trapo para morder e abafar os gritos, se não, logo, logo, os soldados da Brigada Militar os apanhariam ali, pensando que matavam alguém.

Tivesse se instalado no nicho que ele preparara para ela, Rosa poderia se distrair, entre uma contração e outra, observando a linha de edifícios do centro da cidade e o volume arredondado da cúpula da catedral. Foi o que o parceiro imaginou. Mas a igreja, mais uma vez, estava distante e de costas para ela. Ainda assim, era para lá que ela dirigia as poucas preces de que se lembrava.

Sentado numa pedra, Caçapava brincava com uma vareta na fogueira que acendera para assar um pintado subtraído do rio mais cedo. Levara toda tarde, como as duas anteriores, juntando lenha, água e provisões, enquanto Rosa perambulava intratável pelo parque. Ele estava seguro de que era o caso de se sujeitar aos comandos da natureza. Tinha alguma experiência com a parição de terneiros e potrilhos, nos tempos de peão, em Lavras do Sul.

Sua atitude tranquila ajudava a acalmar a parturiente. O homem silencioso, a quem ela odiava ver nomeado como seu protetor, tinha muitos anos de estrada, mas nem sempre parecia regular bem. Havia em seu modo de agir muito de instintivo, como demonstrara, inclusive, nas raras vezes em que tentaram fazer sexo. Nesse sentido, se assemelhava a todos os outros que se serviram dela.

Rosa percebia-o como uma fera às voltas com a batalha permanente pela sobrevivência da espécie humana, que, por seu ângulo desfavorecido, ele enxergava como particularmente ameaçada. Talvez por isso, apesar da noite alta, Caçapava se mantinha na vigília, ao seu lado.

Rosa gostou dos cuidados que ele lhe dispensava. Até havia preparado um berço com uma caixa de papelão para acolher o bebê. Quando cresceram as dores, pediu-lhe que fervesse água para se limpar, antes de se esfregar com dedos besuntados no óleo de soja, como tinha feito a médica do hospital com vaselina líquida na vez anterior.

– Terceira cria é mais fácil – ele disse para encorajá-la, quando percebeu que ficava mais nervosa.

– Só se for pra ti! – ela respondeu, irritada. – Já pariu alguma vez?

– Deixa vir – ele disse. – É só deixar vir.

– Cada parto é um!

Este diálogo foi travado antes de Rosa se virar de quatro e entrar em transe. Pelas tantas, aos grunhidos e palavrões, abandonou a postura quadrúpede anterior e se postou de cócoras, firmando-se na pedra arredondada como se quisesse arrancá-la de seu lugar junto aos colchonetes. Caçapava tentou ampará-la, com medo das pernas finas fraquejarem, mas ela refugou sua ajuda com um safanão. No quinto ou sexto urro abafado e rouco, a criança veio a furo, mirrada como um sagui.

O céu abandonava o seu negror, e o passaredo, os seus refúgios na vegetação ribeirinha. Talvez o canto de um sabiá-laranjeira tenha sido para ela sua primeira impressão auditiva do mundo; ou o aviso estridente de um quero-quero; ou o sibilo martelado de uma marreca-piadeira. O fiapo de gente despencou sobre os colchonetes, misturando-se a folhas e fezes que invadiram, sem aviso, a manjedoura armada sob o púbis da mãe.

O homem se levantou outra vez. Pôs mais água a esquentar para depois poder lavar a cria na meia bombona plástica com que havia engendrado de improviso uma banheira.

– É rachadinha! – anunciou.

Sacou o canivete do bolso, passou-o aberto na fralda da camisa e agitou-o no conteúdo da caneca. Depois, levou-o até as chamas da fogueirinha para secar e limpar. Cortou duas tiras de tecido e amarrou-as firmemente ao cordão, distanciadas alguns dedos entre si, para estancar o fluxo de sangue. Quem já havia castrado terneiros e riscado braços e barrigas de gente má não se mixaria para soltar um inocente. Passou a lâmina no espaço entre os nós, libertando a recém-nascida do ventre quase esvaziado da mãe, então atirada, exausta, sobre os colchonetes.

Solidária, Furiosa verificou de perto o estado da cria e lambeu os mucos que a impediam de respirar. Depois, quando a bebê abriu o berreiro, se dedicou ao rosto fatigado da mãe.

Caçapava recolheu a criança desmilinguida e chorosa do seu nicho de espuma fedendo a cocô, revisou a abertura das narinas, deu-lhe uma palmadinha inútil nas nádegas melecadas e a colocou sobre a barriga da parturiente. A menina rastejou como uma lagartixa pelo corpo encardido e suado de Rosa e se atracou na teta estufada de vida.

No alto do dique protetor que sustentava a via larga de asfalto, entre o Rio Guaíba e o restante do parque, surgiram os primeiros esportistas da manhã com seus equipamentos vistosos, seu orgulho fácil e suas fantasias coloridas. Cresceu o movimento dos carros pela avenida da beira.

Caçapava estendeu uma manta sobre mãe e filha, e Furiosa se aninhou junto às duas.

– Sobrou peixe? – perguntou Rosa, com voz trêmula. – Me bateu uma fome!

– Faço um caldo com a cabeça.

O *irmão das ruas*, como se nomeia por aí quem se importa de verdade com os seus iguais – uma forma de reconhecimento do caráter de Caçapava entre os deserdados –, se voltou para o braseiro, onde minguavam as chamas, e tratou de avivar o fogo. Com uma lata, roubou um pouco da água que pusera antes a esquentar para improvisar a sopa. Mergulhou nela os restos do peixe e nacos endurecidos de pão.

Estava batendo a canseira, mas ainda havia trabalho a ser feito, Rosa tinha de esvaziar a madre. Depois, enquanto esperava mãe e filha se conhecerem, disse com displicência:

– Minha mãe se chamava Doralice.

Vertigem burguesa

Sandra e João tinham se postado à beira da Praia Mansa, em Punta del Este, para tomarem um mate ao pôr do sol, antes de retornarem para o seu habitat natural. No dia seguinte, domingo, o último daquele ensolarado fevereiro de 2003, eles tornariam a dormir na casa modesta de sempre. Sandra ainda teria uma semana de descanso antes de voltar ao trabalho, mas as férias dele e o dinheiro contado, até mesmo a erva-mate brasileira trazida ao exterior por garantia do hábito, estavam terminando.

Diferentemente do que haviam experimentado naquele verão, costumavam conviver com trancas e ferrolhos, trombadinhas e achacadores, gradis, alarmes e guardas. Vinham de outras terras: de Porto Alegre, da Cidade Baixa, da Rua Octávio Corrêa. Moravam numa metrópole brasileira, um lugar em que uma boa parcela da população usufruía de relativo conforto, mas milhares de pessoas de poucas posses ocupavam malocas à volta, desempregadas ou vivendo de improviso. O medo e a paranoia compunham essa realidade com a qual haveriam de se confrontar de forma surpreendente e avassaladora já nos dias próximos.

João assistia à partida de mais um dos inúmeros transatlânticos que pudera ver de perto na temporada. Um navio de cruzeiro, coberto de luzes e bandeirolas, se distanciava da terra, perseguindo o sol que se escondia no horizonte. Era provável que se dirigisse a Buenos Aires. Àquela hora, o Rio da Prata, se fundindo ali com o mar, tomara um tom verde-acinzentado, com franjas de luz ocre contornando o monobloco flutuante, agora em lenta fuga para outras águas.

Desde a areia, ele acompanhou toda a trabalhosa manobra de arranque da embarcação enorme, com muitos andares, divididos em centenas de compartimentos. Sandra fora dar uma caminhada. Fugia do sol estridente, mas adorava se expor à luminosidade branda do entardecer.

Sentado sozinho, entre grupos de argentinos bem-nutridos, João avaliava Punta como a parte mais nobre da vertigem burguesa que se abatera sobre ele após a partilha dos bens familiares. Nunca havia estado lá, nunca fora alvo de convites, é bem verdade. Não entendia por qual motivo tocara logo a ele, o mais distante e despojado dos filhos, o luxuoso apartamento de veraneio. É possível que, da parte de seus pais, fosse aquela uma derradeira e generosa tentativa de aproximação. Ou talvez, ao inverso, persistissem eles a envenenar com pó de ouro as convicções mais caras de quem confrontara suas receitas de felicidade pela vida toda. As duas hipóteses eram bastante plausíveis e esta dúvida não sanada o deixava desconfortável.

O apartamento herdado ficava num condomínio de prédios baixos, a poucos passos da praia, erguido junto a ciprestes vigorosos e jardins mantidos com capricho, à meia distância do Casino Conrad e dos limites de Maldonado. Pisar ali, para aquele herdeiro deslocado, avesso a demonstrações de riqueza e status, se assemelhava a dar um primeiro saque fora da quadra de tênis. Tinha a sensação de que logo gritariam *out*, sugerindo-lhe nova tentativa de começar o jogo, se atendo, desta vez, às quatro linhas demarcatórias de seu mundinho estanque.

Sandra quebrara o seu isolamento inicial, enturmando-se num grupo híbrido de uruguaios, argentinos e brasileiros, o que lhes garantira alguns encontros agradáveis, onde o tema da flutuação do dólar, num nervosismo exagerado naqueles dias, sempre surgia para realimentar os preconceitos anticapitalistas do casal. Apresentara-se como farmacêutica, apesar de ser, de fato, apenas a administradora de uma drogaria, e ele, quando lhe perguntavam a profissão, dizia trabalhar com transportes, o que fugia de ser uma total mentira. Se trouxesse a verdade precisa – transporte de cadáveres – haveria de criar barreiras.

Por efeito da latitude, os dias ali sabiam ser luminosos e largos, e as noites, sempre frescas. A orla se mantinha limpa; as carnes, laticínios, frutas e vinhos eram de primeira qualidade; bom o serviço nos restaurantes. Descontado o movimento opressivo de turistas na península por volta da Avenida Gorlero, a área mais comercial, que João pouco frequentara por fugir de devaneios consumistas, de resto, Punta era um lugar bastante prazeroso para passar umas semanas de férias. Apesar das águas gélidas.

Sem preocupação com vigiar os seus pertences vários, esparramados sobre a canga de praia estampada com fitinhas do Nosso Senhor do Bonfim, João buscou dois cálices de champanhe no *parador* junto à Rambla, pois viu que a companheira voltava de seu passeio. Proporia a ela um brinde, em alto estilo, pelo veraneio mais chique que haviam compartilhado. Esperava não se ter corrompido pela ostentação e pelos luxos. Deu uma gorjeta generosa ao *barman* que o atendera com solicitude durante toda sua estada. Simpatizara muito com o povo local. Os uruguaios eram gentis, simples e amistosos. Um pouco antiquados no trato, é preciso dizer, descontando-se, entretanto, que os folgados padrões da modernice verde e amarela a que João e Sandra estavam habituados em seu país de origem aceitavam alto grau de descaso pelo outro. Arriscou algumas palavras cordiais em seu portunhol tenebroso. Sandra riria dele se o ouvisse.

Quando retornou com as bebidas, ela já se abancara perto do guarda-sol fechado e se pusera a recolher livros, toalhas, sacolas, raquetes, cuia de mate e garrafa térmica. Estendeu-lhe um cálice e ergueu o seu ao encontro do outro:

– A nós, pequena burguesia em ascensão!

– Quem te viu, quem te vê! – respondeu Sandra ao chiste irônico do parceiro, beijando-o nos lábios.

Beberam uns goles da cava espanhola olhando o dia se afundar no lado oposto do rio. O navio mesclava sua fumaça escura, ao longe, com as nuvens baixas que ainda refletiam réstias de luz do poente. Dezenas de barcos retornavam dos passeios da tarde, formando uma dupla linha de velas ordeiras, vindas do norte e do sul, seguindo rumo ao porto, onde no dia seguinte ele não poderia se abastecer de linguados, abróteas, camarões, vieiras ou lagostins para compor o almoço do dia. A viagem de retorno era longa, o combinado era saírem o mais cedo que conseguissem.

– Demoraste – João disse.

– Fui me despedir e fiquei brincando um pouco com os filhos da Mercedes e da Lupe.

Ele sentou-se junto à companheira e estirou as pernas na areia ainda morna em razão da intensa soalheira da tarde. Ela contou que as crianças tinham receio de entrar no mar. Temiam as águas-vivas. Pediram que ficasse de olho, *sacándolas pronto con la pala*. Fora um trabalho duro.

– *Y las mamás?*

– Estavam bem.

– Novas pressões pra engravidar?

Ela ergueu as sobrancelhas.

– Hoje, não.

A maternidade sempre fora para Sandra uma questão de escolha, nunca um dever feminino. Mas passava usualmente pelo incômodo de explicar repetidas vezes para deus e o mundo por que não tivera filhos e suportar o sistemático prenúncio de arrependimentos futuros.

– Enfim, se deram conta de sua chatice – disse ele.

Sandra tomou outro gole, espichando o olhar para o horizonte.

– Talvez – respondeu.

O tempo, o seu tempo – completara quarenta e três anos – tinha escapulido entre os dedos como aquele sábado. Sua juventude se esfarelava, sentia que sua rasa fertilidade se extinguira. Quando mais jovens os dois, João e ela haviam empurrado para adiante a opção por compor família. Ela se esmerava em preservar sua independência, até se decidira por interromper uma gravidez acidental, que julgara inoportuna para um momento-chave de definições em sua carreira – logo após a formatura. Mas nunca havia conquistado paz no campo profissional. Cada vez que alguém a levava a retomar o assunto, ela revivia, com desgosto, a bateria de autoflagelações que se impusera pela decisão impactante que tomara ainda tão jovem, aquele malfadado aborto. Para João, mais simplório, Sandra gastara toda sua coragem de parir assistindo às intermináveis cenas de parto hollywoodianas, onde o ato de dar à luz se ancorava antes na frieza dos médicos e nas sequências de estertores dolorosos do que no transe mágico e instintivo, para não dizer docemente animalesco, que o definia. Quando eles decidiram encarar o desafio tantas vezes adiado, sobreveio a descoberta de problemas de fertilidade, a suspensão – sem êxito – dos métodos anticoncepcionais e a infrutífera bateria de inseminações.

– Acho que eu já dobrei a curva – disse ela, pensativa.

O outro preferiu contemporizar:

– Que nada! Ainda vamos longe.

– Foi-se o barco. Já é tarde – ela insistiu.

Por um momento, ele ficou em dúvida se Sandra falava do avançado da hora e do transatlântico de partida ou se usava uma metáfora náutica para falar das suas chances escassas de procriação. Achou-a ensimesmada demais para estar se referindo ao navio iluminado. Se ela perdera a confiança no seu corpo e na vivacidade de seus óvulos, João duvidava da suficiência de sua bagagem interior para a grandiosa tarefa de ser pai. Elegeu a alternativa de interpretação mais fácil de digerir, tomar a frase "foi-se o barco" em seu sentido literal:

– Barcos vão e vêm – disse.

Ela custou a contestar. Quando o fez, trazia a voz um tanto rouca e apagada:

– Há viagens que são somente de ida.

Depois, apoiou a cabeça no ombro dele e João preferiu o silêncio. Ficaram os dois aconchegados, admirando a paisagem austral: a massa escura do rio-mar, a ilha defronte, que perdia aos poucos a nitidez, e os restos de um colorido desmaiado rabiscando a fronteira entre água e céu. À esquerda de onde estavam, para além do velame do porto, corria a linha de prédios erguidos sobre a península. Um véu azul profundo, crivado de estrelas, logo cobriria tudo.

– Vou sentir saudades *de los chicos*. Com Lupe e Mercedita, às vezes, eu nem sabia o que conversar – ela disse.

Sandra celebrava, sem dividir com clareza suas impressões, uma espécie de luto ou de ressaca pelo isolamento. Em seu mundo, casais sem filhos eram ainda minoria. Definitivamente, o diálogo mantido há pouco não havia sido sobre navios. As amigas argentinas tinham avivado na companheira de João o desejo maternal.

Quando o sol sumiu, recolheram as tralhas, silenciosos, e tomaram o rumo do condomínio pela última vez naquela temporada. Um mais à frente, outro dois metros atrás, em marcado descompasso.

O sucesso pessoal

Sandra voltara a dormir minutos depois de entrarem no automóvel, na metade da manhã, quando saíram de Punta del Este. À hora do despertar, mais tardio do que haviam planejado, ela seguia amuada, e seu mau humor persistira enquanto cuidavam de fechar as valises, preparar o mate para a viagem, cerrar janelas e portas do apartamento e dispor a bagagem no porta-malas. Talvez estivesse remoendo ainda o seu arrependimento pelas escolhas feitas no passado e que, agora, culminavam por lhe oferecer, na jornada de retorno, apenas a companhia de um homem receoso de falhar como pai e um banco de trás virgem de crianças sonolentas ou, mesmo, irritadiças.

Tinham se conhecido vinte anos atrás em meio à agitação do movimento estudantil. Ela, mais experiente, representava com veemência os alunos de Farmácia. Ele era mais tímido, mas fora incluído na chapa derrotada na disputa ao diretório que reunia os cursos da área econômica e administrativa, um reduto conservador tradicional. Lutava-se, à época – os movimentados anos oitenta –, pelas liberdades democráticas e pela retomada das eleições diretas.

Todos admiravam a firmeza e a relevância das opiniões de Sandra. Sua sagacidade, o caráter irretocável e insubmisso, aliados a um sorriso sempre aberto e límpido, fizeram-no se desacomodar dos seus recolhimentos nos debates libertários de então para tentar ser pinçado pelos olhos dela dentre o povaréu. Conseguiu. Seu amor resistira a duas décadas de convivência quase sempre harmônica.

Sandra era esperta e loquaz e, ao mesmo tempo, revelava um bom humor incomum entre os militantes estudantis de então, coisa que lhe faltaria agora para suportar o café aguado trazido pelo garçom. Estavam num *parador* de beira de estrada, onde resolveram descansar do primeiro estirão de retorno a Porto Alegre.

De si, ele sempre ouvira ter sido um fedelho malcriado, irritante e chorão, um adolescente trombador e rebelde, verdadeiro incômodo para os pais, e um adulto a quem se atribuíam escolhas equivocadas. Mas da parte de Sandra, que o conhecera na transição para a maturidade, nunca ouvira queixas parecidas. Faltava-lhe alguma ambição, ela dizia, e sobravam-lhe certezas, o que terminava por encerrá-lo numa paralisante mesmice. Não que fosse um acomodado, longe disso. Tinha o mau hábito de tomar partido sempre. Mas, na hora de avançar para as atitudes concretas, pecava pela inação. Em suma, João não devolveria ao *mozo* que os atendera o café ruinzinho.

Punta havia sido um marco além da curva em sua trajetória, mas fora para Sandra muito mais suportável do que a beberagem fraca aceita por ele naquele *parador* de beira de estrada, a qual ela abandonara ao primeiro gole. Uma diferença cristalina entre os dois: João se mostrava mais adaptável *ao andar de baixo* e menos tolerante com *o andar de cima* do que sua companheira, para quem uma vida com mais confortos, agora ao dobrar a curva da existência, parecia merecida e muito bem-vinda.

Ele não reconhecia legitimidade em sua recente e inesperada ascensão social. Uma ideia o dominava desde a partida do balneário famoso à beira do Rio da Prata: todo sucesso pessoal deriva, de algum modo, do egoísmo. De pitadas de descaso pelo desejo ou necessidade do outro, coisa que sempre desprezara. Fazia disso um resumo da sensação de estranhamento com que convivera em sua estada em Punta del Este. Passara as férias entre a elite bem-sucedida do cone sul da América, vivendo em meio a uma alegoria quase ultrajante de prosperidade. Agora, cortando o vazio do pampa uruguaio, sentia-se devolvido à crueza da América *Latrina*, com seus latifúndios extensos pontuados de ranchinhos modestos para uso dos serviçais. Ali, a pobreza e as diferenças ficavam mais explícitas. Era um novo mergulho na velha e suja desigualdade, a que haviam renunciado do convívio mais próximo por um curto e fantasioso período de férias. Tinha dificuldades de coabitar com esses brutais desníveis, olhando-os agora desde cima. Contaria a Sandra, e insistiria mais vezes no tema, entre um cochilo e outro da parceira, ter lido em algum lugar – livro, blog ou muro: "Todo sucesso pessoal deriva do egoísmo".

Embora concordasse, em tese, com esse mantra repetido pelo companheiro na travessia do pampa, Sandra o achava um tanto exagerado. Via-o mais como um exercício de retórica do que um ditame aplicável a duas pessoas sempre envolvidas, de certa forma, na luta contra as injustiças. A chegada de um operário à Presidência, com nítidas preocupações emancipacionistas, haveria de dar a eles a chance de baixarem as "armas" nessa batalha permanente e, afinal, se ocuparem um pouco mais de si.

João se calou, com medo de que a conversa sobre dar mais atenção ao próprio umbigo se desviasse outra vez para a temática dos filhos. Pagaram a conta do café, voltaram ao automóvel e retomaram seu percurso pela planura. Ela retornou aos travesseiros. Ele, aos seus devaneios.

O cheiro acre da urina de um zorrilho devolveu--o, por instantes, à infância no interior e às viagens familiares no carro lotado, com os quatro filhos do juiz disputando alguma coisa no banco traseiro. Irmão menor, ele era sempre o último nas contendas, o alvo das chacotas dos mais velhos. Pelo retrovisor, procurou por reflexos mais agradáveis da meninice no assento de trás, mas encontrou apenas sacolas e mochilas gastas. A grande família sempre lhe causara desconfortos. Primeiro, com a insistência monótona em desmerecê-lo; mais tarde, pela adesão acrítica e displicente à elite defensora daquele regime de *apartheid* social em que estavam submersos.

Do dia para a noite, com a partilha generosa e antecipada dos seus inúmeros bens ainda em vida, os pais haviam feito dele, João, sob a sua particular ótica franciscana, um contrafeito neolatifundiário urbano.

Riu-se. A amplidão da paisagem do pampa suscitava nele metáforas rurais.

Para além da conquista de riqueza material, teria preferido, em alternativa, celebrar o fortalecimento de alguns laços familiares que ainda lhe pareciam frouxos. O fato a elaborar, entretanto, é que acabara de receber a sua esperada cota de afeto traduzida em imóveis.

Chegaram aos *free shops* da fronteira depois do meio-dia. O banco traseiro do carro foi engolido por queijos, geleias e doces de leite, garrafas de vinho de distintas procedências e uísque escocês, bons substitutivos burgueses para lembranças ruins.

Sandra calculou que alcançariam Porto Alegre e seu refúgio na Cidade Baixa depois de escurecer. Já no Brasil, tomou a direção do automóvel e João se afundou *en sus almohadas*. Em minutos, roncava. Ele tinha dirigido toda a primeira parte do trajeto e comido uma substanciosa *parrillada* saideira em Rio Branco, última escala no Uruguai.

A paisagem mudara pouco, incorporando silos metálicos e arrozais extensos ao cenário onde antes predominavam bois e ovelhas. Em essência, era ainda a planura do pampa tingindo com múltiplos tons de verde o olhar do viajante, com suas coxilhas brandas e canhadas de mata baixa, bosques retangulares de eucalipto e açudes de terra para aplacar a sede dos animais ou irrigar plantações. Nuvens escuras e espessas toldaram o sol logo além da fronteira, realçando os contrastes entre a infinidade de matizes da paisagem e deixando claro para Sandra que eles haviam abandonado, sem perdão, a luminosa banda oriental.

Em contraponto aos temores de João, que ainda, àquela idade, fugia do tema dos filhos, o que Sandra pensava naquele momento – confessaria depois, sentindo-se algo mesquinha e invasiva – era em propor a ele usarem parte da herança antecipada para fazerem uma boa reforma na casinha da Cidade Baixa. Via-se também, pela primeira vez, com possibilidades concretas de realizar o sonho de ter sua própria farmácia, se livrando definitivamente da subserviência às redes de drogarias.

O veraneio agradável os convencera a ficarem com o apartamento da praia. Podiam torná-lo uma fonte de renda adicional, aceitando aluguéis por temporada, e aproveitarem de seu conforto diversas vezes ao ano. De maneira que os desejos dela implicariam vender o outro, ainda mais pomposo, que ele havia recebido no bairro Petrópolis, para o qual o mesmo companheiro inadaptado aos luxos de Punta manifestara a vontade de se transferir. Para Sandra, às vezes, era difícil entendê-lo, dividido entre a ética própria, espartana, e a educação acumuladora que recebera. Ele o achara fantástico: alto, iluminado e seguro, com churrasqueira na sacada ampla e garagens cobertas, em uma rua arborizada e tranquila.

A casa da Rua Octávio Corrêa, ao contrário dos imóveis herdados, fora uma conquista comum aos dois, financiada em cento e oitenta prestações. O bairro era simples como eles, central e próximo ao Parque da Redenção, onde gostavam de se exercitar e se misturar aos seus iguais. Ela tinha certeza de que não haveriam de se adaptar a uma zona de maiores luxos, constrangidos por dezenas de vizinhos de nariz empinado e adversos consensos condominiais a tolherem a sua independência; sem armazéns nas esquinas nem costureiras ou sapateiros de porta e janela. Mas, quanto à casa, os planos de João divergiam bastante dos seus. Ele se queixava de ser o sobradinho muito úmido e sombrio para a sua rinite alérgica e expressava temor com a escalada da violência e o aumento dos assaltos e arrombamentos na região. Eram dois votos, um casal de teimosos e duas posições em confronto: Sandra antevia problemas.

À noite, quando chegaram ao sobrado amarelo em que moravam, se defrontaram com mais uma surpresa que o período de férias lhes garantiria. O portão maior, reservado à entrada do carro, estava encoberto por uma lona preta. Um fio de fumaça escura subia do fundo do jardim e um cachorro cinzento e hostil vigiava a entrada do terreno. O portão menor, para a passagem de moradores e visitantes, estava apenas apoiado em seu encaixe natural. Sob a cobertura metálica da área de estacionamento, havia gente acampada e volumes dispersos nas sombras.

– Invadiram a nossa casa! – concluiu Sandra, aterrada.

O segredo de passar despercebido

A chegada de Doralice forçou mudanças na rotina de Rosa e Caçapava. Os hábitos anteriores eram perigosos para quem não podia vacilar com as mudanças de tempo ou com o assédio policial. Havia um bebê a esconder dos agentes da lei e da Prefeitura, do Conselho Tutelar e de vizinhança faladeira. Os parques tinham deixado de ser um bom refúgio, com o movimento maior do verão, e uma noite de choro contínuo, quando se ocultavam nas zonas habitadas, logo exigia troca de acampamento.

A cadela Furiosa se mantinha em alerta; afinal, Caçapava passava as noites de tocaia. Pernoitar nas marquises também deixara de ser opção. Além de ficarem muito expostos, se sujeitavam aos jatos impiedosos de mangueira ou chutes de seguranças. Restava-lhes se fixar sob uma lona em algum lugar tranquilo ou arrumar uma barraca de camping com o pessoal da reciclagem.

Por experiência, Caçapava aprendera a farejar as encrencas.

– Temos de ir – dizia, assim, do nada.

E Rosa não se atrevia a contestá-lo. Ele costumava antever as varreduras policiais, em que o *povo das ruas* sempre perdia colchões, cobertores e objetos de uso pessoal, como se não fosse isso um confisco indevido de seus bens, um furto a pessoas indefesas. Reclamar para quem, se a Brigada Militar e o poder público eram tanto responsáveis quanto cúmplices?

O segredo de passar despercebido, ele descobrira, era não ficar por muito tempo num mesmo lugar, nem fincar querência onde pudessem atrapalhar os ricos, mesmo que fosse apenas por mancharem com a feiúra de seus andrajos a beleza da paisagem. Mas com a pequena Doralice perdiam agilidade e, de qualquer forma, rapidez na fuga seria insuficiente. A criança sequer poderia ser vista, sob pena de ser logo adiante recolhida a um albergue de menores e afastada da mãe incapaz.

E assim estariam se referindo à Rosa: incapaz. Logo ela! Rosa dava conta de si há anos como nenhuma madame metida a besta jamais sonharia. Havia parido Doralice com uma coragem sem igual e nunca deixara faltar nada para sua filhotinha. Continuava saindo todo dia para procurar comida ou arrumar dinheiro, cultivando sua independência, com a menina amarrada ao colo. Estava magra como um fio de luz, mas tinha os peitos sempre pingando leite. Eram duas mangas carnudas e suculentas.

Às vezes, entre mamadas, se abancava perto de uma farmácia, pedindo por fraldas, talco ou cremes para assaduras, no que costumava ter sucesso. Ainda que sentisse dos clientes das drogarias o desprezo por criar uma filha naquelas condições, o apelo pelo bem-estar de uma criança era muito comovedor, em especial quando encontrava alguém em busca de artigos infantis. Mas nunca ficava por ali mais do que quinze ou vinte minutos, achava um risco excessivo.

– Um moço me disse pra eu tomar bastante líquido. Disse que vira leite. Moço bom, professor, me ensinou a usar um caldo de aveia pra amansar as brotoejas dela.

Estava falastrona, a Rosa. Ficara animada com as atenções incomuns. A água era, agora, o seu vício maior. Estar perto de alguma torneira virara um requisito crucial.

– Te aquieta e anda! – retrucou Caçapava, empurrando velozmente seu carrinho de supermercado.

Tinham levantado acampamento da Praça Garibaldi e seguiam trotando em caravana pela Venâncio Aires, pois ele havia encontrado um lugar perfeito: seco, seguro e meio afastado da agitação noturna da Cidade Baixa. A casa não mostrava movimento há dias. Caçapava fizera campana para avaliar as condições e nunca vira alguém entrar ou sair, nem qualquer luz acesa. Talvez ali pudessem se arranchar por algum tempo e alcançar um pouco de paz.

O *irmão das ruas*, que, antes, levava seu mundo numa simples mochila, agora também precisava de rodas para carregar as tralhas extras que a defesa de um bebê requeria: lonas, forros, mudas de roupa, material de higiene, madeira suficiente para improvisar coberturas, trempe para fazer fogo, pacotes de fraldas, um mundéu de coisas. Em verdade, estava feliz. Doralice dava a ele uma estranha sensação de ter ainda algum futuro para adiante, não só um dia a dia pelo qual batalhar. Fazia o possível para que a bichinha vingasse.

Os dois empurravam seus carrinhos, ziguezagueando pela calçada num ritmo vigoroso. Caçapava, sem freios, falava alto e soltava imprecações a quem cortava o seu caminhar apressado e, da mesma forma, não reprimia os avanços de Furiosa sobre os passantes. Extravasava seu ar aloucado. Tirara a camisa, expondo o repuxado horroroso das queimaduras sobre o tórax, que davam a ele um ar mais assustador. Sua atitude ajudava a limpar o caminho e chamar para si a atenção, desviando-a das duas acompanhantes. Rosa, mais atrás, envolvera Doralice em panos e a ocultara num casulo em meio a seus pertences, silenciando-a com uma chupeta adoçada pela bala de framboesa que chupava e dividia com a filha, lambuzando o bico de vez em quando. Seguia Caçapava, de forma discreta e subordinada. Confiava nele. Desviavam-se de tranqueiras e cruzaram a rua, afrontando os carros, quando viram brigadianos postados mais adiante. Por sorte, eles eram poucos, àquela hora, o que reduzia sua disposição para abordagens truculentas.

Chegaram à Rua Lima e Silva e seguiram no rumo do centro da cidade. Mais além, dobraram a esquina de uma via pouco movimentada e, pela metade da quadra, Caçapava estacou em frente a

uma casinha estreita, de dois andares, afastada do alinhamento dos prédios vizinhos e cercada por um muro de porte mediano.
– Aqui – disse, no seu modo secarrão.
Rosa avaliou o local. A casa amarela era simpática. Tinha uma pequena cobertura para carros sobre um piso de basalto manchado de óleo, onde poderiam se acomodar, um jardinzinho malcuidado e uma torneira junto ao registro da água. Ao lado esquerdo, uma parede cega, fundos de um armazém. À direita, um prédio que parecia fechado e vazio. Tinha um poste de luz perto dali para auxiliá-los à noite e grades na janela fronteira, que serviriam de varal. Só havia moradores para bisbilhotarem sua vida do outro lado da rua, a uns doze metros de distância. Seria fácil de esconder Doralice se fechassem com uma das lonas a entrada da garagem. Rosa achou que o lugar era bom, ficava bem protegido, mas temeu que roubassem as coisas deles. Caçapava assegurou que a Furiosa daria conta disso.

A porta de grade metálica da área de estacionamento estava fechada por um cadeado robusto. O acesso para pedestres permanecia apenas chaveado.
– Tá barbada de abrir – disse Caçapava, forçando a lingueta do portãozinho.

Rosa sentou à beira da calçada e se pôs em vigília. A rua estava deserta. Nada parecia colocar em risco a empreitada a que Caçapava se lançara. Ainda assim, sentia-se motivada a protegê-lo, inundada de gratidão por aquele homem, cujos gestos de bondade nunca pediam compensações ou troco. De início, ela fora um pouco rude. Era o hábito. Aprendera aos poucos a respeitar suas inquietudes e seus silêncios. Parecia-lhe um contrassenso que alguém generoso como ele pudesse contar apenas consigo mesmo. A ela, nunca pedira mais do que lhe alcançar um pote ou ajudar a dar um nó, quando tinha um braço ocupado. Até com Furiosa sua relação era de parceria, nunca de comandante.

A fechadura cedeu e ele a convidou a entrar no pátio com o carrinho de apetrechos. Rosa puxou a sua mobília rodante para baixo do telhadinho e começou a montar o novo lar. Algo nela lhe assoprava que ali seria, sim, um novo lar. Andava cansada.

Caçapava tratou logo de cobrir a grade da garagem com a lona preta e, depois, se dedicou a limpar a sujeira distribuída sobre o piso empedrado, antes de forrá-lo com a manta plástica. Por cima, Rosa estendeu as tiras de papelão grosso, para em seguida esticar os colchonetes. Poderia lavá-los no primeiro dia de sol, pois agora teria água limpa e corrente. Estavam muito fedorentos. Justificou-se com o parceiro, que seguia na lida, e se estirou de comprido, aninhando Doralice junto a si: precisava aleitar a menina. Ao menor resmungo da pequena, os dois seios começavam a vazar.

Desta vez, Caçapava sentiu-se à vontade para derramar seus olhos sobre os peitos volumosos de Rosa, que Doralice – só mesmo Doralice – podia sugar com ardor e ímpeto. A cadela caolha havia se esticado rente ao muro. Ele se acomodou junto ao animal e se deixou descansar, correndo os dedos pelo dorso cinzento de Furiosa, num vaivém insistente e carinhoso, que gostaria de poder dedicar, em verdade, aos seios estufados da companheira.

Distante de olhares gulosos, a mãe entoava para a filha uma cantiga carregada de esperança:

– Todas as estrelas brilharão. Dim, dão, dim, gum, dão. Dim, dão, dim, gum, dão.

O que foi feito de Rosa

Rosa era filha única. Quando pequena, depois da morte prematura da mãe, teve de abandonar o endereço em que morava na capital, no bairro Glória, e se transferir para a casa de uns tios, em Estância Velha, na região metropolitana. Seus parentes passavam por muitas dificuldades, mas tiveram de acolhê-la, pois a sobrinha não tinha ninguém mais a quem recorrer.

O maior desejo da tia era poder escolher os ingredientes da refeição. Sonhava com se empanturrar de uma boa massa com salsichas, panquecas de carne ou espinafre, se lambuzar nas crocantes coxinhas empanadas da vitrine da padaria ou se fartar de guisadinho com berinjela. Não era pedir demais. Mas o cardápio possível em sua morada modesta nunca ultrapassava o repetitivo arroz com feijão, farinha de mandioca e ovos cozidos, pois até o óleo de soja para fritá-los andava pelas tabelas. Mal sobrava dinheiro para o sal, o açúcar, o pão e o café. Eram cinco bocas antes; com Rosa, chegavam a seis.

Dizer que a menina havia amadurecido em sua passagem de cinco ou seis anos pelo arrevesado lar dos tios seria um pouco demais, pois recém tinha chegado aos treze de idade quando fugiu daquela nova casa. Mas já deixara de ser uma guria verdinha quando escapou dos parentes de Estância Velha. Enfrentara apertos mais cruéis por lá do que sob o amparo da mãe e da vizinhança amistosa no malocal irregular da gruta da Glória, em Porto Alegre, onde vivera sua primeira infância.

A riqueza dos tios se resumia aos três filhos homens. Ela, costureira; ele, biscateiro e safrista, ou nas lavouras de arroz de Montenegro e Triunfo ou nas matas de acácia-negra nas cercanias da cidade. Era o irmão mais velho do pai sumido de Rosa. Desde que ali chegou, a sobrinha foi tratada como uma quarta filha, exatamente nesta ordem. Era a quarta a comer, a quarta a ser vestida e renovar sapatos, a última a receber algum afago. Como material escolar, aproveitava os tocos de lápis, cartilhas e livros usados no ano anterior e as folhas virgens dos cadernos dos primos.

O tio Armando demonstrava gostar dela, mas quase nunca estava por casa. Ficava meses fora, morando nas volantes das fazendas, pequenos ranchos improvisados junto às lavouras onde arrumava trabalho. Quando voltava, sempre trazia algum dinheiro, ainda que fosse pouco, mas a casinha de tábuas sem pintura se tornava apertada demais para todos. A tia perdia clientes. Não podia usar o quarto, como sempre, para fazer a prova das roupas em reforma para a vizinhança sem a bisbilhotice do marido, fazendo gracinhas indevidas ou abusando da cachaça em horas impróprias. À noite, Armando queria sempre se enfiar nela, ainda que apenas um lençol floreado dividisse o quarto único em duas metades esguias, uma para o casal, outra para as crianças. Quatro pares de olhos curiosos ficavam à espreita dos corpos se entrelaçando, lascivos, e oito ouvidos se punham atentos aos gemidos e, também, aos frequentes protestos que brotavam de um lado e inundavam o silêncio armado no outro. Às vezes, escapava das crianças alguma risadinha e o tio se irritava, "estão pensando o quê?".

Uma noite em que ele estava fora, Sílvio, o mais velho dos primos, se deitou sobre a mãe e tentou repetir com ela os movimentos aprendidos com o pai. Levou uma sumanta de laço, que desencorajou os demais a imitá-lo. Com Rosa, podiam brincar mais à vontade. Eram ao menos dois para segurá-la e, às vezes, nem precisavam. Se não a machucassem, nem quisessem beijar na boca, como o pai deles gostava, a prima deixava se esfregarem nas suas coxas e passarem a mão nas partes dela.

A tia se fazia de sonsa ao vê-la lavando as pernas meladas na torneira da rua. Quando muito, ralhava irritada:

– Já te sujou de novo, guria!

Atiçou-se, de verdade, quando viu o olho comprido de Armando para o traseiro redondo e para os peitinhos que começavam a despontar sobre o costilhar descarnado da sobrinha. Mas, nesse ponto, suas suspeitas eram poeira levada há muito. No primeiro ataque do tio, Rosa reagiu assustada, mas ele apertou suas mandíbulas com tanta força com a mãozorra cascurrenta que desistiu de protestar. Sentiu a barba malfeita roçando sua bochecha e o imperativo "fica quieta" rescendendo a cana braba. Depois, uma piscadela carregada de cumplicidade e, sem destapar a sua boca, a descida da cabeça morena até o meio das suas pernas. Ele adorava lambê-la com a língua pastosa de trago.

Quando lograva entrar em casa sem acordar meio mundo, evitando tropeçar num banco atravessado ou derrubar a louça do secador, se debruçava sobre a sobrinha, abafando-lhe os gritos e gemidos. O tio fazia com Rosa um exercício de autopreparação, para depois, ainda com alguns resquícios de consciência, se acomodar de vez nas carnes mais folgadas da esposa recém-desperta. Partiria a menina franzina ao meio se montasse nela.

Adormecidos, os guris nunca tinham se dado conta das investidas do pai sobre a prima, ou tentariam imitá-lo.

Numa noite, a mulher percebeu o movimento estranho através da cortina floreada e, na sequência, sentiu no hálito do marido que se achegava nela à cama o bafio de cachaça misturado a outros cheiros e sabores. Empurrou-o para o lado, com raiva:

– Sai daqui, cachorro. Tua boca tem gosto de buceta.

O protesto rendeu à tia um par de bofetões e quinze dias de resguardo no lar, para evitar fofocas e maledicências.

Após a descoberta infeliz, passou a tratar a sobrinha de modo ainda pior do que antes. Às vezes, Rosa precisava pedir ajuda para os vizinhos, pois era enviada ao armazém para buscar fósforos, ossos para a sopa, cigarros ou alguma bobagem justo na hora em que se dividia a pouca comida com os demais. Aprendeu a fundo sobre a fome naquela temporada nos parentes. Sentia no estômago uma dor tão forte, como se estivesse oca. A fome a confundia e parecia desligar o seu corpo do cérebro. As pernas tremiam, o corpo ficava mole.

Nas horas difíceis, Rosa saía a perambular pelas ruelas do bairro, pedindo bolachas aos conhecidos ou afanando qualquer coisa que pudesse comer. Tinha saudades dos biscoitos abundantes na despensa do amigo rico do bairro Glória. Teria gostado de subir ao seu apartamento para receber alguns cuidados quando perdeu a virgindade, se soubesse como chegar até lá. Sílvio e dois amigos a pegaram de jeito na barranca do valão. Um segurou-lhe os braços, outro se deitou sobre ela e lhe arreganhou a coxa esquerda. Serviram-se dois deles, deixando-a em carne viva. Do terceiro, conseguiu escapar, jogando-lhe terra no olho.

Quando voltou para casa, preferiu calar. Ninguém viria em seu socorro para lhe curar as feridas ou passar uma pomadinha nas partes machucadas e ardidas. A tia reclamou da roupa suja e do sangue na calcinha. Achou que Rosa havia começado a menstruar e incorporou ao dia a dia um ciúme preventivo do marido, antecipando problemas quando ele voltasse. Às amigas, confidenciava seus temores:

— Homem fareja essas coisas, agora vai achar que já pode.

A vida da menina se tornou um suplício. A cada gesto, uma reprimenda. Falasse qualquer coisa, lá vinha um "cala a boca, peste". Rasgou o braço do Sílvio com uma dentada e o derrubou no valo fedorento quando ele quis abusar de seu corpo uma segunda vez, na volta das aulas, achando que o estrago consumado o autorizava a acossá-la quando bem quisesse. Naquela noite, Rosa teve de dormir escondida no pátio da escola. Sílvio a procurou pela vila toda de canivete na mão para dar o troco.

A menina descobriu ser muito fácil sair de casa, bastava botar o pé para fora. O difícil seria arranjar ânimo para voltar, pois ninguém a tinha procurado, a não ser para se vingar. Muitas vezes, nos dois anos em que morou na rua, jovenzinha, cogitou desistir e implorar socorro para o tio Armando "lambe-lambe". A solidão sabia ser assustadora e ajudava a fantasiar condescendências. Para o mal ou para o bem, ele parecia gostar dela.

Rosa nunca cedeu a esses impulsos e delírios, que mais pareciam fraquezas suas ou o desejo recolhido de ter uma família atenta onde se amparar nas horas ruins. Na verdade, a tia talvez pusesse veneno de rato na sua comida.

Sentia uma forte saudade da mãe, mas de recordação palpável só lhe restara uma foto cinco por sete, dobrada ao meio, que ainda guardava consigo.

O retrato sobrevivera ao curto período de encerra num albergue municipal de Novo Hamburgo, onde sonegara o sobrenome para evitar ser devolvida aos parentes e do qual fora expulsa aos dezoito anos em razão da maioridade. Ainda assim, se recordava dessa temporada no Centro de Menores como de relativa paz, tempos infinitamente melhores do que o futuro lhe reservava. Tinha uma cama só para si e refeições na mesa três vezes por dia. Fizera algumas amizades e mantivera rotinas amenas, apesar de alguns instrutores severos insistirem nos castigos corporais.

Entre seus trapos, o retrato dobrado da mãe também resistira com ela quando, já adulta, engambelada por um misto de capataz e gigolô, virara mulher de cama, mesa e cozinha na Fazenda Jaborandi, com suas matas de acácia-negra a se perderem de vista servindo de cercado. De dia, limpava os alojamentos e ajudava no preparo da comida. À noite, servia de desafogo para todos os trabalhadores braçais que quisessem fazer uso de seu corpo, alguns tão martirizados quanto ela. Fazia o que pediam, cansada de levar socos e apertões.

Teve um aborto espontâneo aos vinte e um anos e, dois anos depois, pariu um filho natimorto, enterrado por lá mesmo. Quando engravidou pela terceira vez, e por qualquer coisa se finava de chorar, conseguiu fugir daquilo tudo na carga de um caminhão. Ou deixaram que partisse, sabe-se lá. Tinha um vazio na sua alma. Desaprendera sobre afeto e generosidade. As ruas e parques da capital passariam a ser seu novo lar. Perdera muito tempo e, aos trinta anos, estava gasta e banguela. O que restava no meio das suas pernas era apenas um buraco seco.

    O motorista do caminhão despejou-a da carroceria na frente da Santa Casa de Misericórdia. Vazava do ventre de Rosa um rio de água e sangue. Uma mulher qualquer amparou-a para entrar no hospital. Foi para a maternidade às pressas e pariu o filho homem tomado pela assistência social. Mal pôde conhecê-lo antes de ser adotado, um mês depois. Era um menino mestiço; nunca mais o viu. Dele, não lembra sequer o rosto.

"Eu moro aqui"

Quando Sandra anunciou que haviam invadido a casa deles, João se assustou. Olhou mais atentamente, mas, de onde se encontrava, não viu indícios de arrombamento. Fechadura intacta, trancas firmes nas janelas.
– Acho que só ocuparam o pátio – disse.
– Vou ligar pro 190. Me alcança o celular?
– Espera. Vou ver de perto.
– Toma cuidado!
Ela se manteve dentro do automóvel, apreensiva, enquanto o companheiro desembarcava e se aproximava do portão menor. João passeou as vistas com desgosto e preocupação pela montoeira de tralhas acumuladas junto à dupla de corpos deitados sob a cobertura do estacionamento. Sentiu um cheiro forte de urina seca ao sol emanando do jardim e percebeu uma sutil mancha de fuligem marcando o canto da fachada, onde uma haste de ferro suportava uma caneca enegrecida na extremidade do canteiro dos gerânios.

De volta à janela do carro, João alegou que parecia ser apenas um acampamento de mendigos, não era o caso de chamarem a polícia.

– Vamos lá pra casa da mãe – sugeriu a outra.

– Estou cansado, é muito longe. Amanhã eu trabalho.

– Tu não tens medo?

– Tenho, mas...

– Quem sabe vamos pra um hotel?

– Agora ou depois, a gente precisa resolver isto – disse ele, se voltando outra vez para o portão.

A cadela se aproximou, em guarda. Quando ele pousou a mão sobre o quadro de metal, ela arreganhou os dentes no seu modo agressivo e quase silencioso. Ainda que suave, o rosnado do animal acordou seu dono.

– Sai fora! – disse, a esmo, o homem deitado.

– Eu moro aqui – avisou João.

O invasor se ergueu devagar, a mão segurando o canivete, e se acercou do muro. O recém-chegado deu um passo atrás.

– Eu moro aqui – repetiu. – Você precisa segurar o seu cachorro.

Caçapava coçou a barba, espiou a mulher encerrada dentro do carro estacionado e, depois, olhou para sua parceira, cuja cabeça descabelada brotava dentre os cobertores. Doralice dormia oculta no cestinho de piquenique improvisado como berço para defendê-la dos ratos.

– São os moradores – disse para Rosa, contrariado.

– Olá – disse João.

A outra não respondeu.

– Vocês precisam sair, meu camarada. Estão ocupando a minha garagem.

– Pode ser amanhã? Agora fica ruim – respondeu Caçapava.

João acenou para a companheira e transmitiu a ela a proposta que lhe fizera o outro. De início, ela mostrou contrariedade, mas acabou por sacudir os ombros e fazer uma careta, em sinal de concordância.

– Prende o cachorro. Temos muita coisa pra descer.

– Passa, Furiosa, deita – disse Caçapava para a cadela, apontando o canto escuro do jardim.

O bicho recuou, pouco convicto, e se sentou sobre as patas traseiras, mantendo as orelhas erguidas.

– Quer ajuda? – ofereceu Caçapava.

– Não precisa.

Foi uma resposta seca.

João se articulou com Sandra sobre a melhor estratégia para fazerem o transbordo das suas bagagens. Coube a ela abrir a porta de casa e pular para dentro, enquanto o companheiro apoiava o portãozinho na parede lateral. Mais escolado em bancar o corajoso, ele precisou fazer quatro viagens sob a vigilância atenta do invasor, acocorado contra a fachada amarela, para trazer as malas e sacolas até o hall de entrada do sobradinho, onde Sandra se postara para recebê-las.

Rosa observava mais do fundo o casal se movendo apressado para se distanciar daquele encontro constrangedor.

– Conheço este cara de algum lugar – disse.

Caçapava acendeu um toco de cigarro sacado da orelha e a mulher desmazelada se enfurnou outra vez nos cobertores, pensativa.

– Vamos pro parque amanhã? – ele perguntou.

Rosa se manteve em silêncio. Apenas puxou as cobertas sobre a cabeça. Andava exausta daquelas romarias pela cidade.

Desfeita a carga do carro, João se encerrou em casa, acionando as três fechaduras sob a rigorosa supervisão de Sandra. Depois, iluminados apenas pela luz que vazava da rua, derramaram-se atônitos nas poltronas da salinha de estar, com a respiração ofegante.

– Merda, isto. Não quer mesmo chamar o 190?

– De manhã a gente vê se eles saíram. O sujeito prometeu.

Então um choro leve de criança, como um fino sibilar de asmático, atravessou a janela. Os dois recém-chegados se levantaram de golpe e foram espiar pela fresta da veneziana.

– Eles têm um bebê de colo – disse João.

– A mulher vai dar de mamar.

– É bem pequeninho, mal se vê.

– Daqui dá pra ver melhor – disse Sandra, mais à direita.

O outro se moveu até onde estava a companheira e tornou a espiar os invasores.

– Pelo menos, ela tem leite. Como esta gente pode fazer filho nestas condições?

– Ah! Sandra... Não sabemos nada sobre a vida deles.

– Sabemos que nem têm onde morar, ora.
– Isto pode ser coisa de ontem – disse João.
– Não parece. Estão muito molambentos.

A caolha Furiosa deu mostras de sentir a presença bisbilhoteira dos dois através da janela e uivou de leve. Caçapava lançou também um olhar desconfiado na direção de onde eles estavam, mas seria impossível vê-los na escuridão da sala. Voltou a se deitar perto de Rosa e da criança.

Enquanto amamentava Doralice, Rosa propôs a Caçapava buscarem de imediato um novo lugar para se instalarem, pelo risco de os moradores chamarem a polícia para tirá-los dali, mas ele achou que podiam esperar, era uma hora ruim para procurarem pouso. Tinha pedido um prazo para o homem e estava ameaçando cair chuva pesada. Davam jeito de sair bem cedinho, antes que o dia nascesse.

Sandra estava dominada por temores, sequer conseguia cogitar que os personagens acampados na parte fronteira de sua morada pudessem simplesmente compor uma pequena família em severas dificuldades.

– Esse povo não tem mais nada a perder, é capaz de qualquer coisa – disse.

– Menos, menos. São apenas mendigos. E eles sabem que não somos a solução pra todos os problemas do universo.

Do interior da sala, protegendo-se às costas de João – mais confortável, assim, para emitir juízos –, Sandra disse:

– Ele é horroroso. Viu a queimadura no pescoço?
– Nem percebi.
– Enorme.

João lembrou-lhe que jovens de famílias influentes de Brasília tinham posto fogo num cacique pataxó adormecido numa parada de ônibus, uns anos antes.

– Ele olha pra nós de um jeito estranho... Sei lá, assusta – disse Sandra.

– Parece meio loucão.

– Se eu vivesse assim, enlouquecia mesmo. Sem banho, comendo só porcaria.

– Olha, ela vai trocar o bebê – disse João.

– Tem fralda descartável. Que chique!

– Ainda bem. Se fosse de pano, a coitadinha viveria assada.

– Como tu sabes que é coitadinha e não coitadinho? – perguntou Sandra.

– Eu vi, não tem pinto nem saco.

– Putz! Agora atirou a fralda suja no jardim.

– Depois que eles saírem, vamos dar uma boa mangueirada no pátio – disse João.

– Tem que lavar tudo, encher de desinfetante.

A cadela se levantou, aproximou o focinho da fralda embolada perto do portão e, depois, voltou para o seu canto, olhando desconfiada para o posto de onde os dois a observavam. João pensou que deveria chamar a assistência social para dar proteção àquela criança frágil, mas sabia ser perda de tempo ligar para a Prefeitura a tantas horas da noite. Melhor conversar com o casal sobre isso pela manhã.

– A limpeza vai ficar contigo, preciso trabalhar cedo – avisou João.

– Será que eles saem mesmo? Tenho medo de ficar aqui sozinha.

– Quando levantar, eu converso com eles.

– Só vai embora depois que eles se forem, tá bem? Ou eu saio contigo...

– Podemos chamar a Ação Social da Prefeitura pra ajudar. Melhor que jogar a polícia neles.

Afastou-se da janela e puxou a companheira pela blusa.

– Vem.

– Estou me sentindo presa aqui... Superacuada.

– Relaxa, não vamos sair mesmo.

– Mas se a gente precisar? Nem prenderam o cachorro.

– Para, Sandra! Sem chilique. São pessoas como nós. É só pedir que eles atendem.

– Morro de medo – disse ela, pontuando cada sílaba.

– Vamos deitar. Estou morrendo é de cansaço.

– Não vou conseguir dormir.

– Eu, sim. Estou podre. É longe essa porra de Punta – reclamou João.

– Mas foi legal.

Ele teve de concordar com ela, embora fosse surpreendente ter gostado de um lugar como aquele, um destino usual apenas de pessoas endinheiradas. A imersão do casal em Punta del Este, nas férias de verão, havia sido um delírio febril. Nada naquele cenário compunha a paisagem a que os seus olhos estavam acostumados. A cidade era pontilhada de cassinos, amplas casas térreas, mansões e condomínios luxuosos, sem vigilância ostensiva ou cercas eletrificadas, e oferecia uma orla tomada por banhistas tranquilos a beber champanhe, despreocupados em ostentar seus ricos adereços. Carros chiques, iates e veleiros de sonho circulavam às dezenas. E não havia mendigos. Tinham estado exilados, lá, da terra de incertezas que se chama América Latina.

A companheira cortou suas divagações:

– Eles mancharam de preto a parede com a fogueirinha.

– Desliga, Sandra.

– Não consigo.

– Amanhã a gente vê.

"Apaga a luz, por favor"

Depois de um lanche rápido, subiram para o segundo andar, onde ficava o quarto do casal, o banheiro e um segundo cômodo, que fazia vezes de escritório e sala de estar. Enquanto ele se despia e se enfiava no chuveiro para um banho restaurador, Sandra espreitava de novo pela janela, mas dali, do piso superior, não conseguia enxergar os invasores, ocultos sob a cobertura do estacionamento. Descalçou as sapatilhas e deixou-as ao pé da cama. Depois, se enfiou com João no banheiro e começou a se desvencilhar de brincos e pulseiras, das roupas suadas e do sutiã incômodo.

– Tá começando a ventar – comentou, sentando-se no vaso para urinar. – Periga chover.

– Tá com cara de temporal, muito abafado – disse João, ligando a ducha.

– É só o que falta!

– Relaxa, chegamos antes da chuva.

– E se chove? – quis saber Sandra.

– Que é que tem?

– A criança...

– Pode crer que já pegaram chuva antes.
– Mas ali sempre molha tudo – disse ela, se referindo ao espaço onde guardavam o automóvel.
– Eles têm lonas pra se defender.

Com água morna escorrendo prazerosamente por seu corpo, João percebeu como havia sido contraditório o que acabara de dizer diante das maquinações críticas sobre o egoísmo atávico dos bem-sucedidos que fizera durante a viagem de volta do Uruguai. A realidade o confrontava de golpe com o seu próprio modo de agir e ele se mostrava incoerente. Sentiu-se desmascarado em sua hipocrisia. Botou a cabeça para fora do box do chuveiro.

– Tá molhando todo o chão – disse Sandra, mostrando os pingos no piso. – Por que não pegou um tapetinho?

– Esqueci.

– Sempre esquece.

– Entra aqui, deixa eu te dar um banho – convidou ele.

– Até parece que eu consigo relaxar numa situação dessas. Tá tudo fechado lá embaixo? – insistiu ela.

– Fechamos juntos.

– Acho que eu vou descer pra conferir – disse Sandra, vestindo a calcinha e se pondo de pé.

– O queimadão vai gostar de te ver assim.

Ela parou onde estava, preocupada. Mãos brutas percorreram seu corpo, unhas sujas riscaram sua pele, enquanto a boca fétida daquele homem com aspecto de bicho forçava seus lábios com avidez. Abaixou-se, pegou um tapete do armário sob a pia para espantar os maus pensamentos e estendeu-o junto à abertura do box. Pinçou também duas toalhas, uma para o companheiro imprevidente, outra para se enrolar antes de descer. Foi o que fez.

– Eu tava brincando – disse João, voltando à ducha, percebendo a manobra proteladora da outra.
– Ele não pode entrar.
– Desce comigo, então.
– Estou no banho. Deixa pra lá. Acho que o cara não vai gostar de te ver espionando.
– Por quê?
– Deve estar dando um trato na patroa.
– Não acredito que estejam trepando no meu jardim – disse Sandra.
– Acha que eles não transam?
– Na frente do bebê e do cachorro?
– Ué, isto te incomoda? E aquela vez no Campeche? – perguntou João.
– Na praia é tudo de bom. Mas imagina o fedorão! Que nojo!

João desligou o chuveiro e saiu do box, pegando a toalha que a companheira assustada lhe alcançava.

– Mal vi a cara dela, vi só um monte de cabelos.
– Nem falei da mulher, tava pensando no homem – disse ela.
– E eu nem percebi a queimadura dele.

João começou a secar o corpo marcadamente bicolor após a temporada de praia, sua cor original reduzida à pequena área protegida do sol pela sunga, e Sandra desceu para o piso térreo, silenciosa. De volta à saleta, ficou esquadrinhando o acampamento dos mendigos. A cadela guardiã dormia junto ao portão maior. Carrinhos de supermercado, sacolas, roupas penduradas num varal improvisado, lixo, muito lixo. Era impossível discernir quem estava aonde e não viu sinais da menina. Insegura, escondendo os seios com o antebraço, como se a escuridão e a toalha fossem incapazes de protegê-la de olhares escusos, conferiu outra vez as cremonas da janela e as fechaduras da porta antes de abandonar a sua vigília. Pegou um copo d'água na cozinha e voltou para o andar superior.

No quarto, João ajustava o despertador para um horário mais cedo do que o habitual. Precisaria algum tempo para tratar dos invasores antes de sair.

– Estão dormindo, eu acho – ela disse, depositando o copo na mesa de cabeceira.

– Apaga a luz, por favor – pediu ele, acomodando-se na cama.

– Vou tomar banho.

– Mas apaga a luz. Eu preciso descansar. Os defuntos estão com saudades.

– Não sei como tu aguentas! – disse Sandra.

– A vida vale a pena quando a alma não é pequena.

– Tudo vale a pena quando a alma não é pequena – retrucou ela.

– Foi o que eu falei.

– Quer bancar o erudito, pelo menos acerta o verso... Tudo vale a pena.

Sandra moveu o interruptor, atendendo ao pedido do companheiro.

– Então vou deixar a porta aberta enquanto eu tomo banho.

Ele não contestou.

Cu e calça

O temporal desabou pelas quatro horas da manhã, com aguaceiro pesado, raios assustadores e trovões, e a chuvarada se estendeu até o amanhecer. Caiu a precipitação de quase um mês inteiro em apenas duas horas, como contabilizariam, depois, os meteorologistas. A ventania derrubou galhos e árvores por toda a cidade, muitas delas em plena Redenção. Perto da Rua Octávio Corrêa, um posto de gasolina teve destruída a sua cobertura de metal, que despencou qual folha levada sobre o passeio e os automóveis estacionados.

Quando um raio explodiu pelo centro do parque, parecendo ter atingido por lá um paiol de granadas, Sandra e João deram um salto na cama. Sentiram tremer o sobradinho e chacoalharem as vidraças da janela. O bebê dos invasores começou em seguida a chorar. João abandonou o leito para espiar o estado do acampamento. O casal lutava, em meio à chuva, para estender uma lona azul que os protegesse do ricocheteio das gotas gordas e insistentes sobre as camas improvisadas. Via-se que estavam encharcados. O vento fazia rodopiar sacos plásticos no meio do jardim, onde começava a se formar uma única grande poça, e transformava a lona azul, presa de um lado só, numa barulhenta vela de fragata solta de seu mastro. Uma sequência estrondosa de novos raios fez tudo escurecer. Talvez as pesadas descargas elétricas houvessem atingido os transformadores na via pública ou derrubado algum poste.

– Pobre gente! – disse João.

Sandra testou a lâmpada de cabeceira, sem êxito.

– Foi-se a energia. E a criança tá chorando de novo.

– O queimado e a mulher estão encharcados. Não deu pra ver o bebê – disse João.

– Pelo menos tem o telhadinho.

– Antes de faltar luz, os dois estavam tentando amarrar uma lona. Agora não vejo nada.

– Lá embaixo se vê melhor – disse Sandra.

Em meio ao breu, João retornou com passos miúdos para a beira da cama e alcançou a mesa de cabeceira. Procurou na gaveta do móvel uma pequena lanterna que guardava ali. Acendeu-a. Vestiu uma bermuda e uma camiseta, enquanto Sandra se cobria com seu robe de gueixa. Um atrás do outro, desceram os degraus da escada clareados pelo facho oscilante de luz. Dirigiram-se à sala da frente e à janela, de onde podiam visualizar melhor o estado da precária moradia dos invasores.

A calha de metal que chegava ao jardim pelo canto do estacionamento para dar fuga às águas do telhado se havia rompido. Um jorro contínuo vazava sobre as placas de papelão, os colchões e os cobertores dispostos no piso. Rosa estava de pé, com a menina ao colo, e tentava juntar seus pertences com a mão livre, jogando-os sobre um dos carrinhos de metal. A criança seguia aos prantos. Era provável que também estivesse molhada da cabeça aos pés. Caçapava tentava devolver o cano ao seu encaixe para livrá-los daquele jato inoportuno.

– O que é que a gente faz? – perguntou João.
– Sei lá – disse Sandra. – Podíamos pegar o nenê.
– E os outros?
– Tenho medo. Não sabemos com quem estamos lidando.
– É cruel isso, não é? – disse ele.
– E se eles tentarem alguma coisa?

João não respondeu, na verdade também tinha lá os seus receios.

– Melhor deixar o casal do lado de fora – insistiu Sandra.
– Ok, só o bebê.

Desconfortável em seu íntimo com a decisão excludente, João pegou um guarda-chuva que estava no cabideiro do hall, liberou as três fechaduras e abriu a porta da rua. Até conseguir se proteger sentiu a camisa se encharcar, tal a força do aguaceiro e do vento. A cadela Furiosa, no seu canto, desta vez ficou imóvel, apenas se manteve em alerta.

– Precisam de ajuda com a criança? Podemos cuidar dela aqui – disse.

Caçapava, fracamente iluminado pela lanterna, se virou para Rosa e ela lhe sinalizou que não.

– A mãe nunca larga da guria.

– Ela tá chorando. Periga estar molhada.

– Chorar é da vida – disse a mulher.

– Consegue um arame forte para amarrar a calha? – pediu o outro. – Já ajuda.

– Vou ver.

João fechou a porta e correu para a área dos fundos, onde eles guardavam ferramentas e material para consertos domésticos. Sandra procurou por velas na cozinha e voltou ao seu posto, no hall de entrada, empunhando dois castiçais que pareciam lâmpadas a querosene com sua proteção de vidro. Quando João retornou, trazia um rolo de arame e um alicate. Alcançou-os para o homem e insistiu:

– Quem sabe traz a criança aqui pro seco?

– Deixa a mãe entrar com ela.

Sandra, atenta, intercedeu, puxando pelo braço o companheiro:

– Nem pensar.

– Desculpa, moço, isto fica difícil, a gente nem se conhece – disse o dono da casa, cujo rosto estava agora afogueado pela chama assustadiça da vela.

– Me chamam de Caçapava.

– Eu, de João.

– Faz diferença agora?

– Um pouco. Mas daí a confiar são outros quinhentos.

O outro se voltou para o conserto da calha. Não esperava atitude diferente do *povo das casas*. Mas o proprietário insistiu:

— Nos deixem ajudar com a criança. É o que podemos fazer agora. Secamos, trocamos, aquecemos. A guria vai ficar bem. Podemos até dar comida.

— Comida ela tem – disse Caçapava, apontando para Rosa.

João tentou enxergar melhor a parceira do homem queimado, mas era difícil discernir seus traços sob o telhadinho. A luminosidade fraca da lanterna não a alcançava.

— Me diga uma coisa, moço – disse Rosa, do fundo do estacionamento. – Você já morou na Glória?

— Quando eu era guri – respondeu João.

— Então eu te conheço. Tu eras o filho do juiz. Usa o mesmo cabelinho chapado.

João tentou mais uma vez iluminá-la com o facho leitoso, sem sucesso. Sim, era conhecido quando vivera na Glória como *o filho do juiz*, o único dos quatro que não tinha nome de imperador e se misturava com a gurizada simples do bairro.

— Vem mais pra fora pra eu te ver melhor – ele disse.

A mulher esquálida e desdentada, que talvez nem a própria mãe pudesse reconhecer três décadas depois, avançou até a beira da lona azul, resguardando da chuvarada a cesta onde carregava Doralice.

— Sou a Rosa, não lembra? A gente era cu e calça.

O filho do juiz

A família de João alugava um apartamento simples e amplo no bairro Glória, confortável, embora úmido. No inverno, nas longas sequências de dias chuvosos, fios de água escorriam como lágrimas discretas pelas paredes de aspecto sujo, voltadas para a sombreada face sul. Sua mãe sempre se queixava do mofo nos quartos e do tanto de escadas para subir com as compras, pois a morada ficava no terceiro andar e o prédio de quatro pisos, único na Rua Comendador Fontoura, prescindia de elevador. Mas havia perspectivas de melhoria. O pai, um juiz de direito recém-promovido para a capital, acabara de comprar uma Belina 73 verde-água – seu primeiro carro zero quilômetro – e, enfim, podia guardar uma parcela do salário para conquistar a casa própria. O caráter punitivista do regime militar implantado no país em 1964 vinha favorecendo os bolsos dos servidores da Justiça.

Rosa morava num barraco de duas peças, vários quarteirões morro acima, no rumo do novo hospital Divina Providência, perto da gruta com a santinha, já na área de invasões e loteamentos irregulares. A mãe era faxineira, o pai, um ninguém distante do lar.

Nos dias em que a mãe trabalhava fora e a deixava aos olhos fugidios dos vizinhos, por estar livre de rígidos controles, Rosa descia a ladeira até a Comendador, onde se reunia uma turma grande de crianças para jogar bola, taco ou bolitas, brincar com carrinhos de rolimã ou de polícia e ladrão. Às vezes, de pular corda, pega-pega, queimada, amarelinha ou esconde-esconde. Na Comendador, e nas ruas transversais, podiam aprontar o que desse na telha, inclusive safadezas em algum porão. Naqueles tempos, as crianças andavam à solta e ocupavam calçadas e terrenos baldios sem maiores percalços. A criminalidade não as devorava tão cedo.

Do filho do juiz, a menina gostava. Era dos poucos que não a tratavam mal nem a diminuíam por ser *maloqueira*, como era comum chamarem os moradores da favela próxima. Emprestava-lhe seus brinquedos e sempre compartilhava com quem por lá estivesse o que trazia para comer. Se começasse a chover, podiam se refugiar na casa dele para ver desenhos na tevê e se empanturrar de biscoitos Zezé e sua generosa camada de açúcar cristal, os preferidos dela. A pequena adorava assistir à *Corrida Maluca* (torcia pelos Irmãos Rocha e pela Penélope Charmosa) e esperava, sempre com ansiedade, por novos monstros intergalácticos na série *Perdidos no Espaço*. João preferia as aventuras do herói consciencioso e correto Daniel Boone, amigo dos índios. Pelo menos de alguns, o que era por si só um elogio numa época em que matar nativos ou mexicanos nos filmes da América hollywoodiana parecia não suscitar castigo algum. Também gostava, a seu modo, daquela guriazinha doce e delicada.

A diferença de uns quatro anos de idade – ela começando o primário, ele estudando para o exame de admissão ao ginásio – tornava-o quase um deus aos olhos da menina. Isso dava a ele um status incomum, pois era o filho caçula, habituado a surras e caçoadas de Otávio Augusto, Júlio César e Isabel Cristina, seus irmãos maiores, com dezenove, dezessete e catorze anos, nesta ordem.

Rosa confiava nele às cegas, ao contrário dos irmãos "imperadores", que o tinham por tolo e incapaz. Para ela, João era um amigo de quem se podia copiar os talentos, usufruir da generosidade e invejar a sabedoria precoce.

No verão, costumavam se deitar no piso frio da copa para se refrescarem, semiocultos pela mesa de oito lugares, olhando para a tevê por um ângulo quase diagonal. Foi nesse lugar tranquilo e conveniente, num dia de calor sufocante, que ele observou a amiga a se coçar no entrepernas com insistência incomum. Talvez estivesse coberta de brotoejas.

Para um aprendiz como ele, com escassos dez anos no início da década de 70, o acesso ao conhecimento sobre sexo era precário. Não havia, ainda, internet, nem a profusão de vídeos pornográficos ou a atual fartura de imagens ao alcance de um menino para as primeiras descobertas. Perguntas aos pais sobre o assunto estavam fora de questão.

Nem se propiciava nas escolas qualquer aula sobre matéria sexual. Entre os amigos, as respostas sempre careciam de credibilidade, seja porque os sabichões podiam estar pregando uma peça, seja porque na maioria das vezes eles não faziam a menor ideia do que estavam falando, mas, ainda assim, se preocupavam em discorrer sobre o tema com autoridade para manter a fama e a empáfia. Eram especialmente exibidos os penetras das sessões adultas dos cinemas Glória, Castelo ou Teresópolis, orgulhosos conhecedores dos corpos nus da superfêmea Vera Fischer – que diziam ter um sinal enorme no seio direito – ou da *Cordélia, Cordélia* Lilian Lemmertz, ou ainda da atriz Nídia de Paula, ensinando as mulheres como evitar o desquite. Uma mesma revista com mulheres peladas – a cada dia mais amassada e sebosa – podia correr de mão em mão por meses. Afora isso, apenas se encontravam desenhos pouco esclarecedores sobre a anatomia do aparelho reprodutor feminino nos livros didáticos de biologia, com esboços bastante herméticos e pouco elucidativos.

À época, no círculo em que João vivia, era feio nominar as partes femininas pela palavra buceta, ao menos diante dos adultos ou do sexo oposto. A volúpia inundava os cérebros de fantasias e a simples menção do vocábulo proibido podia representar uma imprudência incontornável e, no mínimo, fazia corar. Melhor arriscar xereca, pererreca, checheca, versões mais neutras e assépticas. Foi o que fez, evitou pronunciá-la. "Ver se havia algum machucadinho na pererreca" soaria menos assustador. Pediu-lhe para baixar a calcinha.

Ela aquiesceu de pronto. Que mal haveria? Afastou a peça de pano até a metade das canelas e deixou que ele lhe abrisse as pernas para melhor verificar as áreas irritadas pela fricção furiosa de unhas sujas e mal cortadas.

João se viu diante da primeira buceta que conheceu. A buceta única, universal. A ontológica madre de todas as bucetas. Até ali, sem nenhum traquejo, imaginava que todas seriam iguais. Tendo-a ao vivo, ao alcance dos olhos, com toda carga imensa de sentidos e ânsias libidinosas provocadas pela circunstância, a palavra secreta e definidora ansiava por saltar da boca do menino. As outras opções viravam linguagem de bebê, adereço de fraldas. Sussurrou-a, quase para dentro.

A bucetinha de Rosa se mostrou tenra e frágil, mas de arquitetura complexa, com sua inesperada sequência de lábios e lapelas. Onde imaginava haver apenas um buraco transversal, encontrou uma composição surpreendente, carregada de mistérios, flancos, dúvidas e novidades. Exalava um cheiro acre de humores ressecados e sabão de glicerina. Não era muito bom. Nem tampouco ruim. Tinha o pômulo sensível e irritadiço ainda pequeno, coberto por pelanquinhas rosadas e retráteis, e uma abertura sutil e misteriosa, um pouco acima do pregueado escuro do cu (ah, as palavras...), este mantido bem apertadinho. Um sinal de receio, talvez.

A partir da primeira experiência, ele passou a convidá-la mais vezes para subir ao terceiro andar, e sempre que possível, se oferecia para revisar as assaduras e os machucados na pepeca de Rosa.

A disposição da amiga em mostrar-lhe suas partes íntimas fora uma dádiva que João conquistara por acaso. A menina pouco se interessava por reciprocidades de caráter sexual. O seu pau – pau era outra palavra dita aos sussurros – Rosa nunca quisera espiar. Ela ainda estava por desenvolver o arco de curiosidades. Preferia se distrair com o aparelho de tevê, ausente em sua casa, e mergulhar naquele mar de bolachas crocantes com que a mãe de João tratava de forrar a despensa para aplacar a fome perpétua de seus quatro filhos em fase de crescimento.

Um pouco adiante, já meio desconfiada ou mais sabida, exigia reforço na dose de biscoitos para autorizar a espiadela vaginal. Muitas vezes, nem queria subir ao apartamento ou se abrir sob a mesa.

No inverno seguinte, sem aviso ou antecipação, Rosa sumiu. Nunca mais apareceu para brincar com a turma da Rua Comendador Fontoura.

João ficou abatido. Sem saber a causa do sumiço, teve medo de que ela tivesse denunciado seu interesse por chechecas à mãe faxineira e chegou a treinar desculpas para oferecer aos pais, caso a vizinha raivosa aparecesse por lá. Teria sido em vão. Nesse quesito, nunca havia desculpas plausíveis. O juiz era severíssimo: "E se fosse a tua irmã?". No entanto, Rosa nunca mais voltou, nem para brincar na rua nem para assistir tevê, muito menos para revisar suas assaduras, reais ou inventadas.

Os amigos contaram que a mãe dela tinha morrido atropelada na descida da ladeira, colhida por um coletivo destrambelhado da linha Glória-Gruta. A menina, então, mudara-se para Estância Velha, onde morava com a família de um tio.

A imagem do vão das pernas de Rosa, emoldurando sua bucetinha delicada, ficou povoando os sonhos do menino por um longo tempo. Ao menos até que ele perdesse a virgindade e reorganizasse a composição de suas fantasias, cinco anos depois, ao fazer ranger a cama de alta rodagem de um cabaré decadente, estreando nos rebuliços carnais com uma gordinha burocrática e inesquecível.

Lagartixa na coxa

Entre o ato de Rosa se referir a ele como *o filho do juiz* e o passo seguinte dos atores em cena, naquela noite tempestuosa, correram trinta anos pelos circuitos elétricos do cérebro de João. Ele se encantaria, depois, com a velocidade com que milhares de sinapses nervosas podem reconstruir em segundos a trajetória de uma vida inteira. As impressões externas captáveis pelos atentos sensores corporais podiam ser atropeladas por hordas de lembranças ao ritmo de cometas. O real se tornava muito lento diante da serelepice da memória.

Ainda que tivesse dificuldades para reconhecer traços dela na mulher à sua porta, ele pôde visualizar, a milhares de quadros por segundo, a Rosa menina trajando os vestidos simples – um em xadrez miúdo, o segundo vermelho – que ela costumava alternar, dia um, dia outro, deixando expostas a mancha de nascença alongada na coxa esquerda e as pernocas gorduchas, com covinhas nos joelhos. Deliciou-se em rememorar as brincadeiras de rua e sentiu algum espanto, um amargor de culpa, com as sessões de tevê e biscoitos no apartamento da Comendador. Será que ela recordaria disso?

Repassou o sumiço da amiga das brincadeiras no bairro e reviveu, com a notícia da faxineira atropelada, o choque com a impermanência e a inevitabilidade da morte. Enquanto um Caçapava ensopado ocupava suas retinas brigando contra a calha rebelde que vomitava um rio, viu a si mesmo em pensamentos, miúdo e ansioso, no tenso dia da chegada ao Colégio "Julinho". Vislumbrou centenas de alunos uniformizados com suas blusas amarelo-ouro e calças de cor marrom ocupando o pátio da escola na cerimônia de boas-vindas. Sobreveio o discurso breve do diretor, falando de um novo mundo que estava se abrindo para todos. Depois, o garboso *"herói cobrado* retumbante", a "terra mais *varrida*", o "florão da América", "em *teus seios*, ó liberdade", fazendo enrubescer as colegas que ainda não haviam conquistado o direito ao sutiã.

– Tua mãe morreu naquela época, não foi?

– Faz muito tempo.

Assistiu em reprise à passagem paulatina, infensa a quaisquer remorsos ou travas, das pulsões que Rosa suscitava nele para outro universo de relacionamentos. Uma sucessão de amores intensos e fugazes a persegui-lo por reuniões dançantes ou passeios no parque, onde a primeira mão na mão de Cristina, ou na perna de Adriana, uma roçada leve nas protuberâncias precoces da Marcinha ou o beijo inaugural na boca de Beatriz firmaram lembranças doces e irretocáveis.

O avançar de Rosa para a claridade da lanterna, com a mancha de nascença na coxa magra ainda indistinta na escuridão, e o choro esganiçado do bebê devolveram João às suas primeiras transgressões: os cigarros escondidos, um singelo refrigerante transmutado em samba ou cuba libre, o cineminha com as primas, os passeios exploratórios pelo entorno do colégio ou pelo centro da cidade, os banhos de rio. Mais além, os acampamentos na serra ou em Santa Catarina e os finais de semana indolentes nos chalés de madeira do litoral sul, os primeiros porres e *porros*.

A imagem desarmônica daquela mulher adulta juntando trapos em câmera lenta – suja e desdentada, aparentando mais idade do que tinha – levou-o ao passado com sentimento de derrota, às agitações contra a ditadura, ao movimento estudantil e sindical, onde sempre se batera por mais oportunidades para todos. Mas o fez também replicar o encontro com Sandra e com o amor profundo, incontornável, reviver a descoberta do sexo como ato de comunhão, não de posse. Para ele, reflexos de uma época em que a busca da igualdade em todos os sentidos se tornou exigência eloquente e trágica do seu modo de pensar. Em seu turbilhão interior, a mesma Sandra que agora pressentia incômodos e o puxava desde o hall pela camiseta, sacudindo a cabeça de um lado a outro com insistência, se mesclava à paz interior que sentira ao ingressar no serviço público, se libertar de vez do jugo familiar e contar com dinheiro próprio para tocar a vida com critérios absolutamente seus.

Reviu no estoicismo de Caçapava, improvisando com arame retorcido a necessária junção da calha solta, a firme decisão de suplantar o projeto de vida que terceiros haviam arquitetado para ele, João.

Três décadas deslizaram como um sopro pela cabeça do *filho do juiz*, enquanto a outra avançava do escuro do seu esconderijo para a beirada da lona azul, confirmando-lhe com sua mancha na coxa em formato de lagartixa ser ela – subtraída de si – a menina delicada da sua infância, que adorava a *Corrida Maluca*, o Will Robinson e se ria do falar arrevesado do Doutor Smith.

– Saíste da Glória pra Canoas ou São Leopoldo, não foi? – perguntou, protelando um tanto mais a decisão necessária.

– Estância Velha – disse Rosa.

João tentava adivinhar a trajetória percorrida por ela, neste longo período, bem como quais outras encruzilhadas, além da perda precoce da mãe, fizeram-na despencar pelo caminho que a trouxera ao seu jardim, na Rua Octávio Corrêa. Difícil pensar que fizera escolhas tão distintas das suas. Por certo, sequer tivera a oportunidade de fazê-las. Ajudá-la agora envolvia enfrentar o seu eu verdadeiro, as suas crenças e valores mais profundos, mas também suas incoerências. Era ele ainda alguém acomodado a usufruir com discrição, pelas beiradas, das benesses da "corte", ou se convertera, de fato, em algo novo, para além das aparências, dos pedestais e dos privilégios de classe, como sempre apregoara de si e para si?

Por este bizarro modo de compreensão dos estados mentais do outro que os casais de longa data são capazes de desenvolver, trocaram olhares aflitos, João e Sandra, esta também atenta ao diálogo do companheiro com a invasora em meio ao temporal. Provavelmente inundados os dois por sentimentos contraditórios, coube a ele se decidir por oferecer socorro a Rosa. Sem fazer esforço para se libertar, baixou os olhos para a mão que mantinha presa a sua camiseta, e Sandra, com alguma relutância, afrouxou os dedos. Deixou-o livre. Trilhando caminhos diversos, é possível que ela fizesse perguntas de caráter semelhante a si mesma ou que se confrontasse com dilemas parecidos sobre valores e coerência.

– Entra com a tua filha – disse João, descendo dois degraus de escada e estendendo o guarda-chuva para a amiga de infância.

Caçapava se apressou a cobrir a mãe e a criança com um pedaço de lona e as conduziu descoberto até onde o outro a esperava. Para o dono da casa, face a face, falou com altivez, desdenhando da ausência de convite para si:

– Eu sou da rua. Prefiro ficar.

O deus de cada um

Mal João havia entrado em casa com as duas refugiadas da tempestade, todos ainda agrupados no pequeno hall pingando água e constrangimentos mútuos, a luz elétrica voltou. Doralice, como os demais, parecia incomodada. A lâmpada repentinamente acesa ofuscava-lhe as vistas. Rosa, com inesperada pudicícia, a levava grudada ao peito, protegendo com seu corpinho frágil a nudez involuntária que a camisa ensopada lhe proporcionava. Sem a filha por escudo, enquanto Sandra voava escada acima à cata de toalhas, as tetas estufadas da mãe, pendendo desproporcionais de seu peito magro, ficariam à mostra.

O deus de Sandra, autodeclarada ateia, se mostrava um sujeito flexível e tolerante, disposto a perdoar deslizes e dar guarida a prováveis descuidos preconceituosos. Falo em uma suposta divindade como metáfora fácil do conjunto de códigos a ordenarem as atitudes de cada um. Esse deus complacente não via problemas no fato de Sandra escolher para Rosa, entre a pilha enorme de acessórios de banho, a toalha mais velha de todas, nem que as tivesse conduzido de forma apressada, assim que mãe e filha entraram pela porta de sua casa, para o território mais facilmente esterilizável do piso lajotado da cozinha, salvando do risco de danos irreparáveis o estofado novo da sala. Nem que escolhesse jogar direto na máquina de lavar todas as roupas encardidas que a outra trouxera consigo embrulhadas num saco de lixo, sem qualquer menção de consultá-la, reservando como alternativa de vestimenta para Rosa uma calcinha de elástico langanho e um vestido fora de moda descartado de seu roupeiro, e, para Doralice, uma berrante camiseta promocional de um banco popular. Como se, para aqueles visitantes intrusos, o não ter escolhas – algo provavelmente contumaz – pudesse ser dado, também neste caso, como um fato consumado.

– Estão todas úmidas – declarou, se refugiando na área de serviço com as roupas pendendo dos dedos em pinça.

Rosa não protestou. Precisava de um teto para abrigar a filha e de um canto seco para dormir. Roupas limpas, com o odor floral dos amaciantes, lhe cairiam bem. O desacreditado deus de Rosa pedia-lhe paciência e humildade e prometia, em troca, seu rosário consolador de vinganças no dia do juízo final.

O deus do ateu João, mais rigoroso em preceitos igualitários e muito incisivo em seus sermões, levou-o a sugerir para as hóspedes um bom banho quente. No banheiro de cima, claro, onde mais seria, se o de baixo tinha o box fora de uso, cheio de entulhos, e só oferecia água tão fria quanto a despejada pela chuva? Na sequência, tão logo ele estivesse seco, providenciaria para Rosa uma xícara de leite aquecido e um bom naco de pão. Supunha infindáveis desejos armazenados, quando a outra, em verdade, mostrava satisfação com a simples possibilidade de secar o corpo e voltar rapidamente a dormir. Além disso, ela adorava tomar banho de chuva no verão.

Relapso, o deus de Sandra se olvidou mais uma vez de lhe pedir demonstrações de gentileza e desapego. Ao ouvir o convite externado pelo parceiro, ela se apressou a subir para livrar o banheiro junto ao quarto de cremes e perfumes de uso pessoal, tiaras, pentes e escovas de dente ou cabelo, deixando-o nu e desguarnecido como a toalete de um posto de gasolina. Deixou à mão apenas um frasco de xampu e o sabonete, do qual, com certeza, se livraria depois.

João se ofereceu para cuidar de Doralice para que Rosa tomasse sua ducha, mas a mãe ressabiada não quis se apartar da filha. Banho já havia tomado. Contentou-se com a toalha desbotada, com a qual recobriu seus ombros e o colo, e aceitou a bacia plástica que o outro lhe ofereceu como alternativa ao chuveiro para banhar e aquecer a menina.

Enquanto assentava a bacia vermelha sobre a mesa de centro em que costumavam tomar café, João usou a toalha que Sandra lhe alcançara para secar o próprio rosto e os cabelos. Depois, pôs uma chaleira d'água para esquentar. Desconfortável naqueles instantes de espera, com a seminudez da Rosa adulta se interpondo entre eles infensa a cumplicidades, ele preferiu deixá-la a sós com a pequena e foi tratar de livrar espaço no quartinho dos fundos para acomodar as hóspedes inesperadas.

Quando Sandra desceu, encontrou a pequena despida, mergulhada na água morna, batendo os bracinhos com esfuziante alegria. Avaliou o corpinho da criança, estendido sobre o antebraço esquerdo da mãe, e achou-o surpreendentemente normal.

– Que gracinha! – disse.

– Ela tá de olhinho meio descaído – observou a outra. – Periga ter agarrado uma febre.

– Será? – perguntou Sandra, pousando a mão sobre a testa da menina. – Vou buscar um termômetro.

– Se tiver um sabãozinho...

Colocaram as fraldas secas e Rosa vestiu Doralice com a camiseta amarela, portando a logomarca do banco, um imenso cifrão despropositado na parte dianteira. Depois, Sandra alcançou para Rosa a muda de roupa que lhe cabia e sugeriu que a outra fosse cuidar de si. Ela trataria de segurar o termômetro.

– Só vou me secar – disse a mãe, se afastando da filha pela primeira vez.

– João! – gritou Sandra. – Libera o quartinho pra ela se trocar.

Ele ressurgiu dos fundos da casa de peito nu – se livrara da camiseta molhada na área de serviço – e convidou a hóspede a passar para a peça onde acabara de reordenar os guardados e acomodar um colchão sobre o piso.

– Vocês podem dormir aqui. Falta só pegar os lençóis.

Cruzaram-se sob o marco da porta, evitando se tocar. Rosa se internou no quarto, ele se postou junto à companheira, que brincava de fazer caretas para Doralice próxima à mesa da cozinha. A menina esboçava um sorriso desanimado.

– Pega lá em cima o lençol floreado, que tá meio descosturado na barra.

– Tá com febre, ela? – quis saber João, fazendo um carinho sestroso no cabelo arrepiado de Doralice.

– Sim – respondeu Sandra, checando o termômetro. – Trinta e oito e dois. Mas vou deixar mais um pouco, pelo menos até fechar cinco minutos.

– Temos remédios para febre?

– Só pra adultos. Logo cedo, eu peço pro motoboy da minha farmácia trazer algum antitérmico de uso pediátrico. Agora, vamos ter que dar outro jeito, ninguém vai entregar nada numa noite dessas.

Quando ele subiu para buscar os lençóis, Sandra levava Doralice ao colo, entoando cantigas de ninar brotadas não se sabe de onde.

O andar de cima
e o de baixo

Os donos da casa não voltaram a dormir naquela noite. Desde o quarto de cima, Sandra se alternava entre a decisão de se encerrar a chave dentro do cômodo, por segurança, sem abdicar de manter os ouvidos colados à porta, ou mantê-la entreaberta para acompanhar as movimentações de Rosa no piso inferior. Uma única vez ouviu os passos dela, a transitar pela cozinha, depois o ruído de torneira aberta na pia e o tilintar de vidro no secador. Tivera sede, a hóspede. A criança febril continuava a choramingar. Seu sibilar manhoso se tornou onipresente.

– As compressas frias não adiantaram. Esta coitadinha precisa de um antitérmico – disse Sandra.

– Pede pra mandarem logo – disse João.

– A farmácia só abre às sete.

Sandra não voltou a se deitar, como fizera o companheiro. A ansiedade a impedia de dormir. Catalogava as poucas coisas de valor monetário ou sentimental que havia no andar de baixo, ao alcance da outra: os talheres de prata herdados de sua avó, as panelas novas com tampa de vidro, a recentíssima tevê de plasma, os enfeites de cerâmica de Itamaracá, as compras feitas na viagem do dia anterior nos *free shops* da fronteira. Enxergou o corpo catinguento de Rosa esticado no sofá da sala, vazando leite dos peitos – nem quisera tomar banho, a imunda! Talvez estivesse bebendo dos licores abertos direto do gargalo, roendo os queijos ou enfiando dedos sujos nos potes de doce de leite uruguaio. Ou se metesse a vasculhar a coleção de fotografias à cata de imagens do João menino. Eram cu e calça, ela havia dito. Que coisa!

Do lado de fora da casa, nada se ouvia de Caçapava. A chuva forte amainara e se reduzira a um chuvisqueiro miúdo. Voltava a dominar o ambiente o ronco dos carros transitando pela Avenida João Pessoa. O amanhecer estava próximo, e uma luminosidade fraca transpassava as venezianas, delineando a silhueta de Sandra em seu vaivém na penumbra.

– O que a impede de abrir a porta pro outro? – ela perguntou.

– Eu subi com as chaves – respondeu João, fazendo ressoar o conjunto depositado na mesinha de cabeceira.

O nervosismo da companheira o contaminava. Recostado na cama, desativou o despertador, já não faria uso dele. Logo precisaria sair para o trabalho e seria necessário dar um rumo para as coisas. O primeiro passo era conversar com a amiga de infância sobre a assistência social, sentia-se no dever de ajudá-la.

– Vou descer pra tomar café – anunciou. – Quem sabe tu deitas um pouco?

– Não consigo dormir – disse Sandra.

Baixaram para o térreo, após a passagem de praxe pelo banheiro. Ele devolveu as chaves à porta e ela quis dar uma espiada no acampamento em frente. Estava silencioso, e Caçapava, sabe-se lá em quais condições, ainda dormia.

Da cozinha, podiam ouvir o ressonar de Rosa e o miado queixoso da criança. João se dedicou a fazer café, enquanto Sandra reunia sobre a mesa os doces e queijos comprados na fronteira – todos bem fechados, felizmente! –, uma caixa de leite lacrada resgatada da despensa e um saco de pães de sanduíche que voltara com as sobras de Punta del Este. Pusera, também, louça e talheres para dois. Ficariam sem frutas, frios, ovos mexidos ou manteiga na primeira refeição da manhã até a próxima ida ao supermercado.

João apontou para o relógio de parede, o tempo suspenso numa hora impossível – quinze para as duas –, e renovou a sugestão de fazerem o pedido de um antitérmico infantil. Sandra se dirigiu mais uma vez ao living para usar o telefone. Ele revisou a mesa posta e sacou do armário um suporte para apoiar o bule quente e um terceiro conjunto de talheres, pratos e xícara, colocando-o numa das extremidades: convidaria Rosa a dividir o lanche, pois ouvira sua movimentação no quartinho próximo.

O cheiro bom que vinha da cozinha a despertou. Se os donos da casa já estavam de pé, tinha de se apressar para evitar surpresas. Rosa apareceu no acesso à área de serviço vestida de Sandra, braços livres de Doralice. João calculou que ela estaria perto dos trinta e seis anos, embora aparentasse cinquenta. Os cabelos desordenados tinham mechas branquicentas e os olhos eram desconfiados e fugidios. A falta de alguns dentes cavara-lhe rugas e sulcos nos lábios e nas bochechas. Uma cicatriz irregular dividia em duas a sobrancelha direita. Das alças do vestido frouxo, que lhe caía como um tubo mal ajustado, dois braços magricelos desciam pelas laterais do tronco. O seio esquerdo, mais rotundo que o outro, preenchia melhor o espaço a ele destinado no vestido de jeans azul-claro que tantas vezes, sobre o corpo curvilíneo de Sandra, o enchera de desejos.

– Preciso mijar – ela disse, sem qualquer "bom dia" anunciador.

João indicou-lhe o banheiro dos fundos. Para as outras necessidades, aquele ali serviria, só para o banho que não.

Quando a companheira retornou de onde usara o telefone, no living, encontrou-os abancados à mesa, repartindo fatias de pão. Após um cumprimento reticente, sentou-se também.

– Vão trazer um remedinho pra febre – disse. – Já, já, tratamos da Doralice.

– Deus te abençoe – disse a outra.

Ocorreu a Sandra perguntar se a menina havia tomado alguma vacina, sugeriu levá-la ao posto de saúde para uma consulta com um pediatra. Era perigoso para uma criança recém-nascida andar por aí sem nenhuma proteção.

Rosa meneou a cabeça negativamente, enquanto mergulhava um bocado de pão na xícara de café com leite.

– Ela não tem papéis – disse.

João insistiu, pois no postinho atendiam todo mundo, mas a outra argumentou que, já de entrada, pediam a certidão e os documentos do hospital, coisa que ela nunca tivera e nem teria. Doralice havia nascido na rua. Contou-lhes de sua experiência de dar à luz à beira do rio.

João ofereceu ajuda para obterem vaga num abrigo da prefeitura, eles saberiam como regularizar a situação. Ninguém podia viver sem documentos. Além disso, achava que a pequena era muito frágil para dispensar um teto. Uma noite de chuva e já estava com febre.

– Eles vão tirar a guria de mim.

A crueza daquela explicação brutal e possivelmente verdadeira emudeceu-os. Era bem provável que Rosa perdesse a guarda da menina quando algum funcionário, com um mínimo de responsabilidade, descobrisse as condições em que a mãe a criava. Em reflexo, João e Sandra se serviram de mais pão, besuntaram as fatias com doce ou geleia, reforçaram suas xícaras com café. Trataram de mastigar seus incômodos e desconfortos por um longo tempo, alcançando para um e outro os potinhos, bule e travessas que compunham a refeição. A hóspede os imitava, seu ímpeto e sua gula eram inescondíveis. Comeu à farta.

Dos lados da frente, ouviram-se palmas e uma sucessão de latidos nervosos da cadela guardiã. Rosa empurrou o prato e se levantou da banqueta. Rumou decidida para o quarto a fim de resgatar a filha. Precisava estar pronta para tudo.

– Calma! Deve ser o motoboy – disse Sandra, dirigindo-se à entrada.

Lá fora, Caçapava interrogava o recém-chegado quando ela abriu a espia da porta.

– Pedimos remédio – explicou-se para o invasor.

Na sequência, se dirigiu ao moço da motocicleta:

– Pode dar o pacote pra ele, Betinho, depois eu acerto as contas com a Sílvia.

O entregador, desconfiado, passou a sacola com a encomenda – o antitérmico e um frasquinho de soro fisiológico – para as mãos de Caçapava, que a repassou pela vigia para Sandra. Por trás da gerente da drogaria para quem prestava serviços, o motoboy percebeu uma movimentação estranha. Algo como uma discussão. Rosa, com Doralice ao colo, pedia para sair, mas João tentava convencê-la a esperar pelo tratamento da pequena.

– Obrigado – gritou Sandra, fechando a janelinha.

Enquanto o motoboy zarpava de volta à farmácia e Caçapava se recolhia outra vez ao seu canto, Sandra e João conseguiram convencer a mãe preocupada a medicar a criança antes de sair. Mais do que isso: prometeram-lhe que não chamariam ninguém – prefeitura, polícia ou agente de saúde – sem o consentimento dela.

– Tu me conheces – lembrou-lhe ele. – Sabe que não vou te fazer mal nem te obrigar a nada.

Mas as memórias difusas de Rosa sobre o caráter do *filho do juiz* não lhe permitiam confiar nele às cegas, passara-se tempo demais desde os dias nebulosos na Glória. O que a convenceu de fato a esperar foi o termômetro que a companheira de João trazia consigo para medir novamente a temperatura da bebezinha. Sandra tratou de enfiar o aparelho sob o braço da menina e conduziu a mãe em direção à cozinha. Cinco minutos de espera haveriam de apaziguar os ânimos.

– Qual é o teu nome mesmo, dona? – Rosa perguntou.

Até então, Sandra se esquecera de apresentações. Dava-se conta agora de não ter dedicado à outra aquele mínimo gesto de civilidade. Envergonhou-se. Sentiu uma premente necessidade de reduzir distâncias. A altercação à porta mostrara o quanto também Rosa estava assustada com a situação inusitada pela qual passavam.

– Meu nome é Sandra – disse. – Desculpe.

– Tiramos a febre e, depois, eu vou embora – insistiu a hóspede.

– Não se apresse. Precisamos cuidar de Doralice.

Olhos acuados

A atenção de Sandra com Doralice deixou Rosa mais segura e desarmada com respeito à dona da casa. Tanto pelo carinho que oferecia à criança quanto pela segurança dos diagnósticos. Parecia ser uma doutora ou enfermeira. Soubera medir a febre e aplicar a dose certa do remédio para baixar a temperatura, havia limpado as remelas da bebê com um pedaço de gaze embebida na água limpa do frasco que viera da farmácia e a fizera pingar leite das tetas nos dois olhinhos descaídos da sua filha para amansar a conjuntivite. Disse que o leite materno era uma maravilha da natureza.

Depois, mostrou preocupação em tratar da garganta inflamada da menina e insistiu que ficassem usando o quartinho dos fundos enquanto estivesse se recuperando.

João ficou surpreso com a atitude da companheira, antes tão ansiosa com a presença de estranhos. Quanto à Rosa, ele sentia que a amiga de infância mantinha um jeito esquivo de olhá-lo. Parecia garimpar no comportamento dele alguma pista de seu caráter verdadeiro.

Quando Sandra havia subido para buscar o pacote com gaze no banheiro de cima, Rosa disse a ele, num tom evocativo:

– Muito eu sonhei com aqueles biscoitos.

– Que biscoitos?

– Aqueles que tu me davas pra xeretar na minha buceta.

João sentiu-se enrubescer. Apenas baixou a cabeça e tentou se explicar:

– A gente era criança.

Ao ouvir Sandra descendo a escada, Rosa apontou com o queixo para a direção de onde provinha o ruído dos passos e perguntou:

– Ela sabe?

Mas Sandra tinha entrado na peça sacudindo alegremente a embalagem com quadradinhos brancos e a resposta negativa dele ficou aprisionada num par de olhos acuados. João procurou amparo nas prateleiras cheias de latas manchadas de tinta e no saco de ferramentas se esgarçando no fundo. Seu olhar se perdeu pelas caixas com sobras de azulejos e pelos eletrodomésticos fora de uso.

– Podíamos botar fora esta batedeira – sugeriu para Sandra.

Ela apenas ergueu as sobrancelhas. Achou que o companheiro estava embaraçado com a presença da outra e inventava assuntos. Sua atenção se voltou totalmente para Doralice.

Mostrando o feio estado de suas gengivas desdentadas, Rosa dera um sorriso dúbio, que Sandra recebeu como de satisfação por ter encontrado o

que buscava, mas, para João, representou algo mais difuso, entre um esgar de escárnio e uma singela demonstração de poder. Perturbado, disse:
– Preciso trabalhar.

Abandonou a área de serviço e se dirigiu ao andar superior. Enquanto se vestia, ficou torcendo para que as conversas entre Sandra e Rosa não se estendessem às experiências do passado. Temia ver-se constrangido a explicar para a companheira ciumenta como havia podido, um dia, manter intimidades com uma criatura da estirpe de Rosa. As avaliações e julgamentos de Sandra precisariam percorrer um caminho inverso ao seu, que conhecera Rosa ainda criança, inocente e gentil. Na visão dele, Rosa tinha se extraviado de sua candura original por trilhas desconhecidas, até se enfurnar na degradação absoluta. Mas os sentimentos de Sandra sempre haveriam de partir do impacto causado pelo que Rosa se tornara. Ela evocava no casal – era constrangedor admitir – uma irrefreável sensação de incômodo e, mesmo, alguma aversão natural. Seria muito difícil para Sandra, diante do desmazelo da outra, enxergar nela a menina doce e delicada que ele conhecera e com quem se permitira partilhar descobertas na infância. Afora isso, havia a questão do caráter da relação em si: o que para ele tinha sido o fruto da simples curiosidade infantil, para Sandra – e, talvez, também para Rosa – poderia representar a atitude condenável de um gurizote abusado se aproveitando de uma menininha ingênua. Como saber a reação de Sandra?

Na rua, uma sirene deu um silvo breve – um único "uoool" de advertência. Portas de automóvel bateram, o som de uma voz ríspida entrou pela janela do quarto onde João se vestia para o trabalho.

– Levanta aí, ô, vagabundo!

Seguiu-se o rosnado de Furiosa e um novo comando incisivo.

– Acorda, meu!

João abriu a veneziana, atraindo para si os olhares do par de brigadianos postado em frente ao sobrado amarelo. Não gostou do que viu. Reconheceu serem homens do Cabo Ruivo, que acumulavam histórias ruins de abusos e truculência.

O militar que estava ao portão, sob a chuva miúda, bateu com os dedos no quepe, numa continência desleixada, que por certo lhe renderia uma repreenda, caso a repetisse para um superior hierárquico. A cadela se pusera à meia distância, em guarda. Caçapava se movimentava sob os cobertores.

– Espera. Vou descer – anunciou o dono da casa.

Quando abriu a porta da frente, secundado por Sandra, que acorrera aflita à entrada, o brigadiano tentava afastar Furiosa do caminho com o seu longo cassetete de madeira. O animal se esquivava, reagia.

– Já entendi qual é o problema – disse o soldado, movendo o queixo para onde estava Caçapava.

– Problema nenhum – respondeu João. – Tá tudo sob controle.

– Por que chamaram, então?

– Ninguém daqui chamou vocês. Periga ter sido algum vizinho.

– Uma tal de Sílvia ligou pro 190. Conhece?
– Não que eu lembre.

O homem tentou espichar o olho para o interior da residência e apenas viu Sandra se aproximando por trás do companheiro. Ela puxou João pelo braço e cochichou baixinho:

– Foi o pessoal da farmácia. Tem uma Sílvia lá. Vai ver, o Betinho desconfiou.

– Que Betinho, Sandra?
– O motoboy.
– Escute, cidadão, tem certeza que tá tudo bem aí? – insistiu o policial, desde o portão.

João deu espaço para que Sandra assomasse ao vão da porta e, depois, disse:

– Tranquilo. Tudo em paz.
– Não quer que a gente tome uma providência?
– Pode deixar. Tá tudo bem.

O homem recuou, fez um leve sinal para o colega e os dois retornaram ao interior da viatura policial. O carro arrancou lentamente, a face do soldado mostrando desconfiança, talvez contrariedade.

Caçapava se enfiou outra vez sob as cobertas, e a caolha, um pouco claudicante, descansou aos seus pés. Pelo jeito, o brigadiano batera nela. Também João tinha vontade de se enroscar na cama, mas era dia de retornar ao trabalho. Fechou a porta, irritado:

– Esse Caçapava, aí, não é capaz nem de dizer um obrigado!

– A Rosa se trancou no banheirinho – disse Sandra. – Vai até lá convencer a doida que nós não chamamos a polícia. A Doralice precisa de um teto.

PARTE II

"Vai dar merda!"

O tempo era impreciso a bordo do rabecão. Presente para os vivos, passado corpóreo para as almas fujonas. E o futuro, ou o amanhã, se repetiria igualmente dúbio, marcado apenas pela nova leva de envelopes impermeáveis com que era abastecido nosso caminhão de lixo humano. Dias e horas, ali, corriam meio aéreos, meio bêbados; com o que têm de bom e de ruim as bebedeiras.

Um período de ausência para nós, os funcionários, significava um mergulho assustador na realidade fantástica e limpinha do cotidiano. O mundo longe do necrotério parecia mais vistoso e cheirava muito melhor, mas ficava menos previsível. Tudo isso é verdade. Sangue, hematomas, carne queimada e podridão voltavam a ser acontecimentos circunstanciais, embora nossas antenas interiores captassem, à longa distância, o gemido aflito das ambulâncias e as notícias de atropelamentos, incêndios e brigas de gangues nos perseguissem por onde andássemos. A morte súbita espreitava da mesa ao lado no restaurante, voava com as motocicletas e se esgueirava entre o arvoredo do parque ou, mesmo, entre os balões coloridos de uma festa infantil. Nós sabíamos.

Mas usufruíamos deste universo paralelo como quem andasse pelo cenário de um filme, sorvendo a pujança artificial de uma Las Vegas ou compondo, como falsos colonos, a paisagem pré-fabricada de uma Gramado. O mundo dito normal era, para nós, a verdadeira peça de ficção.

De todo modo, voltar das férias nunca era divertido quando se trabalhava no Instituto Médico Legal. Nunca era. Alguns dirão que essa frase beira a redundância, que sempre será desagradável trabalhar com cadáveres, mas tínhamos nossos momentos bons. Confrontar-se a toda hora com a presença da morte deixava-nos leves. Mais aliviados, talvez. Mais diretos. Estávamos prontos para enfrentar a crueza da vida como ela é. Sem frescuras, ou nhe-nhe-nhem, ou precisando acreditar na sinceridade das toalhinhas axadrezadas de cantinas italianas gerenciadas por donos nascidos em qualquer lugar. Bem ou mal, todos nós trabalhávamos ali meio de castigo. João, literalmente. Caíra de função numa troca de governo. Afora os legistas, por óbvio, nenhum funcionário público apontara o IML como sua primeira opção no dia da posse.

Tínhamos o consolo do companheirismo. Fui, por muitos anos, o motorista do rabecão em que varávamos a cidade, João e eu, recolhendo a carne humana transformada em lixo.

Quando retornávamos dos dias vadios, ainda flutuávamos no éter da falsidade. Ao reassumir o serviço, ninguém mostrava muita curiosidade pelo que acontecera na repartição na sua ausência. Todos se contentavam com as novidades de caráter operacional: se haviam liberado do conserto o outro furgão, se tinham ajeitado o compressor do frigorífico para manter a temperatura ambiente baixa – item essencial para a garantia da nossa felicidade – ou se o louco do almoxarifado, enfim, se aposentara. A menos que tivesse ocorrido alguma tragédia incomum, como o incêndio das Lojas Renner, que aconteceu no começo da minha carreira – ou a queda das marquises das Lojas Arapuã sobre os passantes, uns anos depois –, ninguém queria saber das mortes. Exceto o João.

Quando ele perguntou se havia novidade, não se referia a grandes desgraças como aquelas. As notícias voam. Ocorrências de proporções graúdas teriam chegado ao Uruguai. Não. Ele bisbilhotava sobre as miudezas do dia a dia. Sempre fora um sujeito curioso. Tinha especial atração por catalogar as *causas mortis*. Importava-se com os dramas pessoais. Mas nada de anormal ocorrera. Apenas tiroteios, afogados, enforcados, atropelamentos. Nenhum caso de veneno. Nada de incêndios e fedor de carne queimada, graças a deus. Um que outro velho solitário pedira sua última carona.

– O de sempre – eu respondi.

– E hoje, o que vai ser?

– Com o temporal da madrugada, vamos ter de desencavar uns papa-terras.

– Houve desmoronamentos? – ele perguntou.

– Vários. Temos chamado da Vila Monte Cristo. Casas desabadas, pessoas soterradas.

Ao manobrar a camionete, tratei de desviar também do assunto, curioso que eu estava com a primeira viagem internacional do parceiro. Ele precisou me contar muito mais do que gostaria sobre a temporada no Uruguai, tantas perguntas lhe fiz rumando para a zona sul. Do modo como falava, com os olhos pousados nas mãos, parecia não se referir a si mesmo, mas a uma entidade estranha que se apossara dele no exterior e o levara por caminhos alheios a sua vontade. Brinquei:

– Quem nasceu pra mercadinho nunca vai chegar a ser multinacional.

Ele riu do meu chiste. O que eu dissera era uma verdade absoluta. Meu colega, de fato, não tinha grandes aspirações.

Foi neste momento que Sandra ligou para lembrá-lo de passar no supermercado para abastecer a casa e, também, para que comprasse amoxicilina no caminho de volta. Ela não queria recorrer mais uma vez a "sua" farmácia e Doralice expelia um preocupante muco esverdeado.

Só então João me falou dos invasores, da noite maldormida, do reencontro surpreendente com Rosa e da criança febril. Estava ainda sob o impacto da transformação sofrida pela amiga de infância, mas, ao mesmo tempo, sentia-se acuado. Um tom acusatório sublinhava o comportamento de Rosa, e ele alternava indignação e culpa. Não via maldade nas travessuras infantis que haviam compartilhado, mas amargava – ainda sem saber em detalhes todo o leque de abusos que ela sofrera desde a saída da Glória – um quê de responsabilidade pela trajetória infeliz da outra.

– Vai dar merda! – eu avisei. – Te livra logo desse povo! Põe pra fora!

– Perdi a chance hoje de manhã, quando a Brigada esteve lá – disse ele. – Mas esta chuva continua... E a guria tá doente...

De qualquer maneira, era tudo ainda muito prematuro. João não estava convicto do que fazer. Contou-me que Sandra assumira para si o tratamento de Doralice e teria uma semana de férias para exercitar seu instinto materno. Esperava que neste período as coisas se ajeitassem.

Vendo um gato
muito burro na tevê

O tempo, dúbio e impreciso na cabine do rabecão, passara definitivamente lento no interior do sobrado amarelo. A menina, enfim, conseguira dormir. Descansava da noite movimentada. Havia se arranchado com Rosa no quartinho dos entulhos, mamara com dificuldade por causa da garganta irritada e, depois, adormecera inebriada pelo leite, sob o efeito do antitérmico.

De início, Rosa se submeteu aos ditames da "doutora", mais experiente no trato com doenças. Quando Doralice pediu o peito, surgiu algum constrangimento. Ainda que não fosse estranho para Rosa se desnudar diante de terceiros, com certeza, nunca partilhara intimidades com uma pessoa como Sandra. Resistiu às tentativas dela de limpar com gaze os bicos dos seios antes da amamentação. Apesar de acostumada a ver seu corpo sob o domínio dos outros, mulher nenhuma havia tocado nele com ares de quem acaricia.

Rosa achava exageradas as recomendações de assepsia. Parecia-lhe que a outra era maníaca por limpeza, pois ficava passando pano em tudo e recolhendo migalhas e cascas, quando ela estava habituada a viver em meio ao lixo e às sobras. Limitou-se a satisfazer a curiosidade de Sandra em saber se doíam os seios para amamentar, se dava para sentir o leite descendo. Explicou-lhe como percebia que já secara um lado e precisava transferir a menina para o outro.

A "doutora" ensinou-lhe a fazer arrotar a criança antes de devolvê-la à cama para evitar engasgos, mas durante o processo de aprendizagem teve de responder a uma série de perguntas incômodas sobre o filho perdido na maternidade da Santa Casa.

Logo que o alvo de seu interesse comum se aquietou, as duas sentiram uma premente necessidade de aumentarem as distâncias. Rosa confabulou com Caçapava pela janelinha da porta sobre ficar ali mais um pouco, até Doralice melhorar, e, depois, se aninhou com a pequena. A outra foi tratar de desfazer as malas e distribuir pelos armários o conteúdo das sacolas.

Sandra se surpreendeu por não estar tão desconfortável com a presença de Rosa quanto temia antes. De um lado, a avidez da menina sugando as tetas marcadas por estrias e maus-tratos devolvia sentido àquele ser quase inumano, dava-lhe uma aura de dignidade antes invisível. De outro, a hóspede demonstrava evidente gratidão pela deferência que recebera dos donos da casa.

Do andar de cima, espiou Caçapava se movimentando no jardim, estendendo cobertores sobre o muro e acomodando roupas molhadas nas grades da janela da sala. Aproveitava o pequeno estio e o solzinho fraco que ousara aparecer entre as nuvens sombrias para secar os seus trastes. Os colchonetes estavam apoiados contra a parede lateral e ele roía um naco de pão dormido. Sandra não teria coragem de lhe oferecer algo melhor para comer. Era um homem casmurro e assustador. Ela manteria a porta fechada.

Desceu com as roupas sujas para a área de serviço e encontrou a máquina de lavar ainda ocupada pelos trapos de Rosa e Doralice, que ela mesma colocara de molho em água e sabão à hora em que haviam resolvido abrigá-las do temporal. Pôs a lavadora para funcionar. Ato contínuo, tratou de telefonar para a própria mãe para avisar que chegara e perguntar como poderia limpar a máquina antes de enchê-la mais uma vez com as roupas que trouxera usadas do Uruguai. Inventou que a cuba estava muito encardida, pedindo limpeza. Evitou contar-lhe sobre a pequena loucura que tinham cometido ao dar acesso à casa aos invasores.

A movimentação nas proximidades despertou Rosa de seu cochilo. Dormia de sensores ligados. Ela se ofereceu para dar um jeito na louça do café, mas a dona da casa temeu pelas facas usadas no desjejum. Preferiu lançar-lhe uma desculpa qualquer e pediu-lhe que levasse uma cadeira da cozinha até a sala e se ocupasse vendo um pouco de televisão. Rosa gostou da ideia, há anos não se atirava a ver tevê. Sandra ligou o aparelho e Rosa escolheu um canal de desenhos animados, como se retornasse aos tempos da Comendador.

Mais tarde, quando a bebê acordou esfomeada, Sandra quis saber mais detalhes sobre a experiência de parir na beira do rio. Ficara muito impressionada. Sempre tivera medo de engravidar, em especial por causa do parto.

Rosa contou-lhe tudo, passo a passo, tim-tim por tim-tim.

– Foi um dia tão feliz, mas tão feliz, que eu estou feliz até hoje – disse num sorriso contagiante, ao concluir o seu extenso relato.

A dedicação de Caçapava e a coragem de ambos no dia do nascimento da menina impactaram Sandra. Referindo-se ao companheiro de Rosa, arriscou:

– Deve ser um bom pai.

– O pai não é ele. A Doralice aqui – disse Rosa, brincando com o nariz da pequenina – é cria do Jerônimo, um sacana filho da puta que se grudou em mim quando eu voltei para cá e me deixou na mão quando eu botei barriga.

– Sumiu? – perguntou Sandra.

– O diabo tá sempre rondando por aí. Na rua tem pouca mulher. Ele aparece quando tá precisado.

– E tu aceitas?

– Faz tempo que não. Mas eu gostava. Só fiquei com medo de que ele machucasse o bebê. Por isso, ele caiu fora.

Deu uma risadinha marota e, depois, completou:

– Além disso, o Caçapava não gosta dele.

– Deve gostar de ti.

– O Caçapava?

– Claro.

– Ele é tipo bicho. O Jerônimo sabe usar melhor as ferramentas – disse Rosa, piscando um olho. – Tem um pau que é uma cascavel!

As intimidades haviam avançado para outros campos numa velocidade inesperada para Sandra. Ela baixou a cabeça, conferiu o estado do esmalte das unhas.

As duas mulheres ficaram um pouco em silêncio, assistindo aos velhos Tom e Jerry em sua batalha interminável na televisão da sala. Rosa tratou de mudar de assunto. Comentou que aquele gato era muito burro, assistia aos filmes dele na tevê quando era criança.

No intervalo comercial, animou-se a perguntar sobre João.

– Teu homem é bom pra ti?

A outra custou a responder porque a pergunta lhe soara mal. Pressupunha um sentido de propriedade sobre João – o "seu" homem – e, ao mesmo tempo, certo grau de subordinação por parte dela. Como se estivesse à mercê de maldades ou bondades do parceiro. Ainda que houvesse um tanto de verdade naquela sentença ingênua e crua, a forma com que o tema fora apresentado ferira seus brios. Limitou-se a responder que estavam juntos há vinte anos.

– Nunca dormi com um cara ajeitadinho desses. Só com coisa ruim – disse Rosa.

Bateu em Sandra uma pontada de insegurança, mas evitou dar espaço para aqueles ciúmes despropositados. Ainda que Rosa cobiçasse João de alguma maneira, era improvável que fosse traída pela primeira vez logo com ela. Achava, sim, que seria a primeira vez, ele era de fato o "seu" homem. Não conseguia enxergar em Rosa um mínimo atributo que inspirasse desejos no fiel companheiro de longa data.

– Já foi melhor... Já foi pior... – disse Sandra, fixada ainda na pergunta que lhe fizera a outra.

– Gozado, nós duas aqui – disse Rosa. – Teu homem e eu, a gente também via tevê juntinhos.

Se, no rabecão, o passado se corporificava em carne inerte, ali o danado era ainda um tecido vivo, um borralho que desprendia fagulhas sobre o presente.

– Se conheceram como? – quis saber Sandra, cavoucando nas cinzas.

– Ih! Disso eu não me lembro direito.

– Cu e calça, você disse.

Rosa preferiu ser cuidadosa.

– A gente brincava na mesma rua.

– Ele devia ser a calça... – especulou Sandra.

Rosa se empertigou, parou de sacudir a criança.

– Tá achando que eu dei o cu pra ele? Bem capaz!

– Não, não...

– Eu, hein?

– Eu não quis dizer isso.

– Sou boca suja, dona. Cu e calça foi só um jeito de falar.

Sandra ouviu o estalido da máquina encerrando o processo de lavagem e aproveitou para interromper aquela conversa desastrada. Tinha roupa limpa para estender.

– Desculpe – disse.

Levantou-se do sofá e se dirigiu para a área de serviço. Voltou a sentir-se oprimida pelo caráter explosivo de Rosa.

Quem tem e quem não tem

À tarde, enquanto a bebê dormia, a cadela Furiosa desatou a latir com insistência fora do comum, pois havia um sujeito debruçado sobre o muro, inspecionando os "tesouros" distribuídos pelo jardim do sobrado amarelo.

Caçapava não estava ali para defendê-los. Apenas a cachorra fiel garantia as fronteiras do território. Rosa tomou para si a tarefa de correr com o visitante inoportuno. Avisou que aquilo tudo espalhado por ali eram as coisas dela e de Caçapava. Ameaçou-o: mais dia, menos dia, iria se ver com ele. Por fim, apelou para o bom senso do outro:

– Qual é, meu irmão? Deixa a gente em paz. Vai roubar de quem tem.

O homem desistiu da investida, cruzou a rua e caminhou em direção ao parque, desfiando palavrões e xingamentos.

A dona da casa acompanhou a contenda pelas frestas da janela da sala. Ficou um pouco intranquila com o último argumento de sua hóspede. Ela dividia o mundo – este complexo e desordenado sistema de seres, castas e riquezas – em apenas dois grupamentos estanques, e Sandra, com certeza, nesta categorização simplista, se qualificava entre "quem tem", enquanto a outra se postava do lado contrário.

Expulso o ladrão, Rosa se pôs a verificar o estado da roupa estendida e dos cobertores, dos papelões destroçados e dos colchonetes encostados na parede, secando ao sol tímido da tarde. Estes últimos, ela preferiu remover por segurança para baixo da cobertura de metal destinada ao automóvel, onde estariam protegidos de novas trovoadas e dos olhares cobiçosos dos passantes. Dobrou as mantas plásticas que haviam secado e agrupou-as num dos carrinhos. Do segundo, resgatou um embrulho com embalagens de sacos de leite, algumas reduzidas a longos fios mesclados de branco e azul. Sentou-se num canto mais seco e se pôs a tramar. Tecia uma sacola, talvez, pelo formato.

– Se Doralice chorar, me chama – ordenara ela antes de sair.

Mas a menina não chorou tão cedo. Sandra se aproveitou da ausência da mãe para admirar de perto, sem se submeter aos olhos vigilantes da outra, aquele ser humano minúsculo que ressonava no quartinho dos fundos. Parecia bem nutrido, apesar de tudo. Os braços carnudos mostravam mais duas dobras, além dos cotovelos e punhos, como se fossem divididos em cinco segmentos de igual dimensão. As coxas gordas de peru mal assado davam vontade de morder. Já ninguém poderia se referir a ela como magrelinha, como fora descrita por Rosa ao nascer. Uma penugem delicada recobria a orelha encardida e sanguínea, cuja cor se distanciava do tom mais claro da pele do rosto. Os lábios compondo um pequeno coração mostravam um calo diminuto no vértice superior, assinalando que o ato de mamar é o primeiro esforço hercúleo na luta pela sobrevivência a deixar marcas em nosso corpo após a aventura do parto. Afagou a cabeça e apalpou com cuidado a moleira, sentindo-a pulsar ao ritmo da respiração.

O mau cheiro do quartinho trazia desconfortos que as aberturas reduzidas da janela basculante eram incapazes de aliviar. Misturavam-se ali eflúvios de mofo, suor, tintas, leite choco, vômito de criança, a aura nauseante do corpo descuidado de Rosa.

Tomou a bebê ao colo e a levou para o ambiente mais arejado da cozinha. Ninou-a para que se mantivesse silenciosa, bailando em torno da mesa e, depois, quando a menina começou a lhe pesar nos braços, se acomodou numa das cadeiras à volta. Ela dormia de boca aberta e uma ponta de muco assomava da narina esquerda quando expelia o ar. Sandra pegou um guardanapo do armário da cozinha e procurou desobstruir a narina da nódoa que quebrava o encanto daquela tez angelical. Deu por falta do equipamento adequado, as bombinhas sugadoras ovais que havia à venda na farmácia. Encomendaria uma delas para João.

Doralice se mostrou desconfortável com a aspereza do papel em sua pele delicada. Contorceu-se. Girou a cabecinha em direção ao peito de Sandra e começou a fuçar em seu seio. Ela temeu que chorasse e a ajudou a encontrar o que procurava. O tecido leve do vestido viu crescer aos poucos uma protuberância junto aos lábios sôfregos da menina. Sandra tomou-se por uma excitação que nunca vivera. Afastou a cabeça da pequena e olhou para o próprio colo, que agora demarcava com um mamilo impetuoso o tecido fino que vestia. Antes que os resmungos ficassem mais insistentes, se permitiu uma estripulia. Desabotoou-se e ofereceu o peito nu à bebezinha ávida, que o sugou com força. Um misto de prazer e dor fez Sandra recuar. A boca escancarada seguia procurando por ela e Doralice ameaçou chorar. A outra se posicionou melhor, pegou o seio com dois dedos em V, como vira as amigas fazerem, e se deixou sugar mais uma vez, primeiro, receosa e atenta, depois, de olhos fechados. Aos poucos, se permitiu voltar à cena, passou a admirar a teta pulsante se fundindo àquele serzinho frágil. Seguiu-se uma leve dormência, sentia o mamilo por demais esticado, as gengivas ansiosas da outra o mastigavam com fúria vital. Sobreveio o choro insatisfeito da pequena, pois a falsa ama de leite só tinha aconchego a oferecer. Segundos depois, espocou na peça o blim-blom da campainha e as batidas ritmadas de Rosa soaram ansiosas na porta da frente.

 Sandra se ajeitou e entregou Doralice para a mãe. Disparou afogueada para o andar de cima. Sua excitação seria perceptível e ela temia a reação da outra. No banheiro, soltou novamente os botões do vestido diante do espelho. O seu colo subia e descia apressado. Arfava. O mamilo esquerdo ainda se mostrava intumescido e duas marcas avermelhadas próximas da aréola denunciavam a ação recente das mãos em apoio àquela tentativa estonteante de amamentar. Acariciou os seios, desta vez sem qualquer traço de erotismo. Dedicava a eles um olhar investigador, instrumental. Fez seus dedos correrem desde a base até os bicos, como dois diminutos polvos se lançando ao vazio, deixando atrás de si um rastro de sucção. Apertou os mamilos, imitando os lábios irrequietos da criança. Com surpresa, viu brotar uma tímida gota translúcida da teta que oferecera a ela. Recolheu-a com a ponta do indicador, cheirou-a. Seria leite? Levou-a até a boca. Não tinha gosto de nada.

    Alçou outra vez o olhar para o espelho. A pele do rosto tremelicava, resistindo ao sorriso que forçava caminhos. Seus olhos brilhavam com um frescor renovado. De súbito, como a praia que se deixa invadir pela onda irrefreável, as duas bolitas escuras que iluminavam seu rosto se inundaram de lágrimas.

Dissintonias

João retornou para casa à noitinha. Estava taciturno. Precisou da ajuda de Rosa para avançar sobre o território ocupado pelos invasores, pois Caçapava ainda estava fora do seu posto e a guardiã Furiosa não quis reconhecer o recém-chegado como o legítimo proprietário daquela moradia. Isso só fez piorar o seu humor. A volta ao trabalho, justo após o forte temporal, reservara-lhe emoções pesadas. Estava envolto pela atmosfera adocicada e cinzenta da morte.

Tão logo teve a proteção necessária para entrar em seu próprio lar, despejou sobre a companheira uma coleção de desgraças: uma encosta despencada sobre dois casebres mais abaixo, na Vila Monte Cristo, matara um casal; um menino com a camiseta da seleção brasileira fora encontrado boiando no Arroio Cavalhada; um prédio que se dobrara em dois na Vila Cruzeiro colecionava vítimas. No último caso, o resgate de mortos e sobreviventes pelos bombeiros prosseguiria noite adentro. Poderia ver na televisão, se quisesse.

Largou as sacolas do supermercado sobre a mesa da cozinha e entregou para ela as encomendas da farmácia. No piso, em frente da pia, depositou um saco de ração para cachorro. Sandra o elogiou, ele havia pensado em tudo. Depois, recomendou-lhe um banho para relaxar e quase o empurrou escada acima. Não gostava de vê-lo assim. Esfumaçara com seu mau humor a inusitada experiência maternal da tarde, que ela estava sedenta por lhe contar.

Depois que João subiu, Sandra abriu o pacote, pegou a caixa dos antibióticos e conferiu a bula. Como supunha, havia que diluir o pó esbranquiçado em água filtrada ou fervida para poder medicar a menina. Optou pela fervura, pois ainda precisava revisar a condição do filtro após a viagem de verão.

Enquanto aguardava a caneca esfriar, foi ao quarto dos entulhos para verificar a temperatura de Doralice e ministrar-lhe uma nova dose de antitérmico.

– Hoje ela vai dormir melhor – disse para Rosa.

Com uma pontinha de ciúmes, viu a menina se atracar outra vez no seio da mãe, que se recostara na parede e coçava insistentemente a cabeça. Talvez estivesse com piolhos. Seria preciso ferver as toalhas quando a hóspede se fosse.

– Hoje à tarde ela ficou fuçando no meu peito antes de eu abrir a porta pra ti.

– A danada faz isso com todo mundo – disse Rosa, como se Doralice transitasse por colos alheios com frequência. Depois, olhou direto nas pupilas da dona da casa e lançou-lhe sua pequena vingança:

— Até na teta queimada do Caçapava ela já tentou mamar.

Sandra viu a sua pontada de ciúme se transmutar em raiva. Era difícil manter qualquer diálogo amistoso com aquela mulher irritante. Preferiu recuar.

— Assim que o João terminar, tu podes subir pra tomar um banho – disse. – A toalha que te dei ontem tá pendurada no secador. Eu fico aqui com a Dorinha.

— Prefiro Doralice. Acho um nome tão bonito!

Sandra se desculpou, tinha mania de distribuir apelidos. Deu-se conta, contrafeita, de que a maioria das conversas que mantinha com a outra se encerrava, de algum modo, com um culpado pedido de perdão.

Quando o companheiro desceu para jantar, ela subiu com a hóspede incômoda. Precisava preparar o quarto de banhos para recebê-la. Explicar-lhe o funcionamento das coisas. Rosa, entretanto, tinha noção de como regular as torneiras para temperar a água, conhecia a utilidade óbvia de um rolo de papel higiênico e do cestinho de lixo e se mostrou ciente de como acionar o botão de descarga na privada. Sabia fechar e abrir a porta por dentro, é claro, e, sim, manteria cerrada a abertura do box enquanto estivesse ligado o chuveiro para não respingar tudo.

Sandra reapareceu contrariada na cozinha, serviu uma porção de macarrão para si e sentou-se em frente a João, que a esperava para jantarem juntos.

— Ela come depois – disse.

– Tá irritada com a Rosa? – quis saber o outro, sinalizando com a cabeça a direção do banheiro.

– Essa mulher é um porre... E me trata como se eu fosse uma debiloide.

– Será que o Caçapava fugiu da raia? – perguntou João.

– Deve estar cavando a vida por aí. Aqui, ele não pediu nada.

– Espero que volte pra cuidar das duas.

– A Dorinha ainda vai precisar de nós por mais uns dias – disse Sandra. – Ela é uma paixão!... E segue com muita febre: trinta e oito e seis agora há pouco.

Desfiou um rosário de queixas da sua hóspede adulta e uma batelada de elogios endereçados à pequena Doralice, aquela fofura de sobrevivente, que a mãe não queria ver chamada pelo apelido Dorinha. Quando mencionou o episódio do pretenso ladrão, ansiando por lhe contar sobre sua breve experiência maternal – a mão circundando o seio de onde brotara à tarde a gotícula de leite –, o outro a interrompeu. Confessou que passara o dia remoendo a ideia de se mudar para o apartamento do bairro Petrópolis. Não precisavam mais se submeter a nenhuma condição indigna. A Cidade Baixa se tornara um antro de mendigos, de oportunistas, de assaltantes e batedores de carteira. Até estacionar o carro ficara perigoso.

A partir deste ponto da conversa, se estabeleceu um diálogo impossível, pontuado de pausas e silêncios. Se ele argumentava sobre a conveniência de sair de onde moravam, Sandra respondia, mais adiante, com o tanto de vezes que a pequena fizera cocô; se ele lembrava a invasão de cupins sobre o madeirame do telhado, a companheira tentava lhe mostrar com um arco formado pelos indicadores e polegares a espessura da coxa da menina; se João insistia em apontar defeitos na casa que tanto lhes servira até então, a outra respondia com largos suspiros e, de pronto, lembrava de algo tão distante quanto as covinhas que se formavam na junção dos dedos minúsculos com o dorso da mão de Doralice.

Doralice, não. Agora, para ela, era apenas Dorinha. Pelo menos, até Rosa reaparecer de banho tomado, as tetas fartas oprimidas por um lasseado bustiê cor de laranja.

João desviou o olhar quando sentiu sobre si a mirada arguta da companheira. Apontou para Rosa o rumo do fogão:

– Te serve ali – disse. – Depois vê se o Caçapava voltou e faz um prato pra ele também. Pra cadela, eu comprei ração.

– Só faltou me trazer uns biscoitos – disse a sua jocosa amiga de infância, de busto empinado e mãos à cintura. – Eu dava qualquer coisa por uns biscoitinhos.

– Deve ter bolachas por aí – disse ele, abandonando a mesa, dando as costas às duas mulheres e se dirigindo ao segundo piso.

Sandra estranhou a atitude repentina do parceiro. Atribuiu a responsabilidade pelo desfecho abrupto do jantar ao dia pesado do outro e ao diálogo desencontrado que os dois haviam mantido antes. Ele pouco se interessava por fraldas e cocô de bebê, circunferência das coxas e covinhas nas mãos. Buscou no armário de parede as *galletitas* uruguaias que haviam trazido de Punta, abriu o invólucro e colocou um punhado das rodelas folhadas e crocantes sobre o prato de Rosa. Depois, devolveu o pacote ao seu lugar original.

– Pode comer.

– Era só uma brincadeira – respondeu Rosa. – Pra mim, o que vier eu traço.

Pegou o prato e caminhou até o fogão. Serviu-se de uma porção generosa da massa com calabresa preparada pela dona da casa.

– Caralho! Que belezura! – disse. – Nunca comi uma coisa cheirosa como essa.

Três tetos sólidos

Um dia inteiro perambulando com o rabecão em meio às favelas tortuosas da cidade, após o delírio burguês que vivera em Punta del Este, deixara João agastado. As dezenas de famílias desabrigadas com que topara durante o dia, dependentes da frágil estrutura organizada para o acolhimento das vítimas da tempestade, haviam devolvido ao seu ânimo o travo amargo que o acompanhara no retorno do Uruguai.

Recostara-se na cama, só de cuecas, e ligara a televisão do quarto. Comentaristas políticos expressavam o temor de uma escalada de impostos com a ascensão de Lula à Presidência e seu ousado anúncio de acabar com a fome no Brasil. "Fome zero", pregava o líder recém-empossado. Engravatados, reunidos em círculo no programa de tevê, anteviam problemas para a economia. A economia dos que nunca passavam necessidades, claro.

A imagem do menino afogado boiando no Arroio Cavalhada, tragado por um bueiro nos arredores do bairro Cristal, teimava em voltar às retinas de João enquanto ouvia aquele debate fútil. Pobre criança! Que morte de merda! Escoara pelo ralo – entre embalagens plásticas, bichos mortos e resíduos domésticos – como se fosse também um restolho qualquer.

Outros tantos, ensimesmados e malvestidos, assistiram ao resgate do corpo do pequenino à margem do valão. Ainda caía uma chuvinha miúda. Entre os curiosos, pairava um silêncio respeitoso, o desalento e a tristeza de vidas tão desprezadas quanto a que fora perdida, antecipando o horror que talvez, numa próxima chuvarada, pudesse se abater sobre alguém próximo de si. Não era apenas má sorte. Não fora falta de juízo. À beira do riacho transbordante e atopetado de entulhos, uma sequência de casebres miseráveis abrigava centenas de candidatos àquele mesmo destino trágico. Mal abrigava, melhor dizendo. Aquele povo não tinha opção razoável para morar. Qualquer imbecil sabia serem inseguras as palafitas que se debruçavam tortas sobre a barranca, a se perder de vista. E ele, João – o abonado João, o culpado João –, agora com três tetos sólidos e inexpugnáveis, um em Punta e dois em Porto Alegre, para chamar de seus!

Sandra se aconchegou ao seu peito. Beijou-o na face. Fechara a porta do quarto, desta vez mais para manter a privacidade do que por receio da presença de Rosa no interior da casa. Exibia o colo desnudo com um pouco de coquetismo e algum orgulho. Gostava do efeito que seus atributos físicos causavam no companheiro. Mas ele estava apático.

– O Lula devia aumentar o imposto sobre fortunas e sobre a transmissão de bens – disse João. – Corrigia de saída este absurdo.

– Uma linha-limite da riqueza? – perguntou Sandra.

– Por que não? A linha da pobreza já é bastante conhecida.

Ato reflexo, um debatedor defendeu posição oposta. Haveria fuga de capitais se subissem as alíquotas.

– Até parece que nossos imóveis teriam pernas pra sair correndo do país e que a grana investida pelo velho no Uruguai ainda está por aqui – comentou João.

Os dois riram.

– Não sei por que tu vês essas besteiras.

– Eu me odeio – brincou ele.

– Estou com o seio um pouco dolorido – disse a outra, apalpando-se.

João se inclinou sobre a companheira para beijá-lo, mas ela recuou.

– Não faz, está doendo.

Ele voltou à posição anterior, também estava com pouca disposição para o sexo. A mulher se debruçou sobre seu tórax, pegou-o pelo queixo.

– Safadinho! Eu te vi de olho nos peitões dela.

– Ah! Me poupa, Sandra.

– Eu vi, ora.

– Aquela blusinha laranja deve ter sido de alguma adolescente. Sobra peito pra todo lado.

– Era minha, não lembra?

O outro negou com a cabeça, surpreso. Sandra se recostou em seu ombro.
– É do tempo que eu te conheci. Ainda tinha guardada.
– Ficou pequena nela.
– Eu não amamentava na época – disse Sandra, apertando o mamilo esquerdo.
– Ué? Não tava doendo? – perguntou João.
– Achei que podia sair leite.
– Que viagem, Sandra!
– Hoje, a Dorinha quis mamar em mim.
Ele desviou o olhar do aparelho. Com o controle remoto, desligou a tevê. Ela seguia acariciando o seio dolorido.
– Vamos mudar pra Petrópolis e vender isto aqui? – João propôs.
– Quem vai comprar uma casa como esta?
– Outro maluco como nós, ora.
– É mais fácil vender o apartamento – argumentou ela.

Lá embaixo, ecoou um ruído de metal se chocando com o piso. João se levantou para averiguar o que ocorrera. Caçapava, entrando, derrubara o portão que havia sido deslocado das dobradiças. Pela veneziana, pôde ver o homem cambaleante lutando para reposicionar o portãozinho no seu vão original. Quando conseguiu seu intento, vasculhou as calças com alguma dificuldade, encontrou o que buscava, se apoiou na parede com o antebraço e se pôs a urinar contra ela.

– Tá bêbado, o Caçapava. Mijando no muro. Tomara que não arrume encrenca.

O invasor terminou o que começara, deixando uma marca úmida na alvenaria da divisa. Em seguida, cruzou aos tropeços o pequeno jardim e avançou para a área coberta pelo telhadinho, com o pênis murcho pendente de fora da bragueta. Logo, tudo se aquietou.

– Tá foda morar aqui! – disse João, voltando para a cama. Depois, apontou para o lado de fora, desalentado: – Olha só pra isso!

Sandra se manteve na mesma posição em que estava. Ele se deitou outra vez e apagou a luz de cabeceira. A claridade do poste filtrada pela janela riscava no teto do quarto uma veneziana de sombras retorcidas. Ela se esticou na cama.

– Isto é tudo o que eu tenho, João. O apartamento é só teu. Eu não quero ficar dependendo de ti.

– Poxa, Sandra! Acha que eu vou te sacanear? Pra mim, tudo o que tenho é nosso.

– Podemos reformar a casa, deixar bem legal. Eu gosto de morar na Cidade Baixa.

– Com um doidão bêbado cagando e mijando no teu jardim?

– Logo eles vão embora. A Dorinha vai melhorar.

– Posso passar metade do apartamento pro teu nome, se tu desconfias da minha palavra...

– Tu sabes que eu confio.

– Só acho que dava pra dispensar essa burocracia. Alguma vez te dei razão pra desconfiar, Sandra?

– Não é isso, já falei.

O outro se virou para o lado, amuado.

– Por mim, vendemos esta porra e tu ficas com a grana toda. Não preciso mais dela. Ou dás a minha parte pra esse pessoal – disse ele, apontando o dedo para o jardim.

Ela preferiu abandonar o assunto. Quando o parceiro se irritava, era melhor parar de discutir com ele.

– Chega, João. Boa noite.

– Boa noite. Vê se amanhã faz a Rosa limpar a porquice que o Caçapava fez na parede.

– Faz tu! Vocês dois não eram assim, assim? É por isso que esta mulher está aqui.

– Ciúmes da Rosa de novo! Que saco! Ela só entrou por causa da criança.

– Ela me contou de vocês dois vendo tevê.

João sentiu um calafrio.

– Qual é, Sandra? Passaram trinta anos, eu tinha dez ou onze. Me deixa dormir.

"Não abre o forno, bandido!"

João custou a pegar no sono. O que teria Rosa dito sobre eles? Após vinte anos de relacionamento, os diálogos com Sandra andavam terminando sempre mal. No fundo, no fundo, tinha certeza de que ela confiava nele tanto quanto ele se apoiava nela com segurança. Compunham uma parceria ainda agradável e afetuosa, apesar das discordâncias eventuais. Na maioria das vezes, gostavam das mesmas coisas e sentiam prazer na companhia um do outro. Mas a passagem do tempo ajudara a acumular dissabores. Um leque de questões postas de lado ou mal resolvidas, palavras não ditas e pensamentos represados, animosidades cotidianas recorrentes, uma mescla desses temperos amargosos dificultava cada vez mais a harmonia entre eles. Até as incongruências pueris de uma feminista que relutava em aprender a trocar as lâmpadas ou a dar fim num camundongo viravam problema. Afinal, incongruências pueris não tinham o direito de se perpetuar.

Se, antes, estavam naturalmente abertos para o outro, e essa transparência lhes fora fundamental para o fortalecimento dos laços, agora buracos negros aqui e ali invadiam sua intimidade, ampliando os vazios como formigas cortadeiras vorazes. Sob vários aspectos, sua relação se tornara um manto de renda frágil, a exigir mãos delicadas para realinhar pontos rompidos e rasgões indesejados. A disposição para o encontro – ainda há pouco tempo tão viva e natural – tropeçava, no presente, em estratégias tortuosas e monótonas disputas territoriais, que feriam orgulhos e insuflavam impaciência.

A diluição das individualidades dificultava o equilíbrio e era imprescindível para os dois remarcar fronteiras. Para cada assunto em debate havia um ponto incerto a definir onde fincar os novos alicerces. A cada diálogo truncado, João escavava as paredes da cela de emoções atrás dos sentidos ocultos que arrastavam as contendas ao infinito. Seria bom se conseguissem resgatar a velha confiança.

João colecionava boas memórias da companheira, mas a proximidade maior conquistada ao longo dos anos por vezes o fazia enxergar defeitos onde anteriormente encontrara apenas qualidades. O que antes definia, sem vacilar, como firmeza e saudável insubmissão, agora, lhe cheirava também a inflexibilidade ou pura teimosia.

Irrompera, de súbito, a questão do dinheiro, que antes nunca fora um problema, nem quando conviviam com a sua escassez. Acumulavam-se alguns projetos inconclusos beirando as decepções concretas. Ambições antigas, como o pequeno *motor-home* para viajar pelo Brasil, haviam perdido totalmente o sentido. Sofriam pela dispersão dos amigos, a morte em vida de afetos importantes. Pela sensação mais e mais comum de estarem fora de lugar, por certa resistência ao novo, nunca experimentada. Mesmo um crescente grau de exclusão tecnológica começava a ameaçá-los: uma tevê com excesso de comandos, suscitando atritos, um laptop que relutava em rodar os áudios, o temporizador complicado do forno de micro-ondas, pilhas chinesas que só se compravam para reposição nas lojinhas da Alberto Bins ou da Galeria do Rosário.

Na rua, um país pulsante, cheio de expectativas, desencavando planos e inquietações. Dentro, a acomodação e o tédio acirrando os conflitos. Animosidades. Pesava ainda a evolução desagradável da flacidez dos músculos, o alto preço da cerveja cobrado dele em circunferência abdominal, fios brancos prosperando no alto da cabeça dela e a difícil escolha da cor adequada para o tingimento com hena. Os temores bobos do herói que brochara pela primeira vez. A risível insegurança com os corpos, antes tão exibidos e arrogantes de sua juventude. Sim, risível insegurança, pois ambos tinham agora, em seu íntimo, mais certezas do que outrora. Dando linha a problemas banais, a ridícula dificuldade de compartilhar visões honestas sobre essas pequenas decadências de cada um alimentava distâncias.

Sandra se esticara ao seu lado, tão desejável, com seu torso nu. Fechara os olhos, os seios sólidos se movendo ritmados na penumbra do quarto. Quando estudantes, muitos atribuíam a estes peitos explosivos a empatia suscitada por ela à defesa de suas posições. Eram ecos de machismo, tão comuns ainda àquela época. Agora, para João, aquele colo desnudo, antes provocador de faíscas incendiárias, guardava duas oferendas imprecisas para a sua boca relutante, se aproximando e fugindo, se aproximando e, de novo, fugindo para longe. Experimentava algum desconforto em beijá-los assim, do nada, sem consentimento prévio, em se permitir despertá-la com carícias lúbricas antes de tentar solucionar as tantas pendengas ainda a meio.

"Não abre o forno, bandido", na voz de sua mãe. "Vai abatumar o pão".

Ser mãe. A velha cantilena dos filhos: talvez estivesse ali a razão para tantos desacertos, um reviver derrotado da fase maluca das inseminações. Desde a temporada de praia, primeiro com a prole irrequieta e vivaz dos amigos argentinos, depois com a aparição da pequena Dorinha, o tema dos filhos voltara à pauta das emoções do casal. De novo, o tempo perdido, o conselho limitante do ginecologista, a impossibilidade física de cumprir a função animal de arremessar seus genes adiante. Sandra revisava o arsenal de culpas que guardava por ter interrompido voluntariamente – com grande sensação de alívio à época – uma gravidez.

Talvez fosse isso. Talvez.

Difícil dormir. A imagem dura do pequeno afogado boiando no Arroio Cavalhada. Um par de tênis All Star vermelho que ele mesmo poderia ter comprado para o seu filho, se o tivesse. Os lábios roxos de picolé de uva nas tardes de domingo. O filho pálido na gaveta do rabecão. O filho travestido de João menino bolinando a guria do vestido xadrez. "Pega mais um biscoito, vai, olha que planeta estranho, olha a cara assustada do Dr. Smith."

O menino morto – era ele o menino morto? O João guri com a camiseta amarelinha do Everaldo na Copa de 70? Mas quem desejaria ser um reles lateral? Por que não lhe haviam dado a número 10, do Pelé, ou a 11, do Rivelino, a 7, do Jairzinho? Mais barata, por certo. Seus afetos haviam sempre estado condicionados pela grana.

E lá está o João guri de costas, ou aquele mortinho precoce, soltando com ar travesso o cordame do bustiê laranja. Rosa lhe oferecendo os bicos pontudos, as mãos em concha sustentando a peitarra como odres bascos na mureta do gramado do Estádio Azteca. O João menino sugando as tetas grandonas. Leite escorrendo sobre o peito e melecando a sua mão. Uma boca salivosa e repulsiva que insistia em beijá-lo, com hálito podre de dentes cariados. A voz agressiva advertindo: – Para me chupar, tem que dar um beijo antes.

Uma mão vigorosa o sacudiu, a voz queixosa de Sandra sussurrou em seu ouvido:

– Tá apertando o meu joelho, amor.

Acordou enojado. Tinha uma ereção inconveniente e uma certeza concreta: aquele João menino já estava morto.

– Desculpe – disse para a companheira, virando-se de lado para ocultar dela o membro intumescido.

"Era pra esconder alguma coisa?"

João acordou sem fome. Apenas bebericou em silêncio uma xícara de café, fazendo tempo antes de sair para o serviço. Levantara da cama cedo demais e, lá fora, caía novamente uma chuva despejada.

Rosa estava desperta. Acostumara-se a acordar com os primeiros alvores do dia. O anfitrião encontrou a hóspede sentada na cozinha, limpando o preto renitente das unhas dos pés com a ponta de uma faca de serrinha. Suave, pela primeira vez – talvez cevando a sua vingança – ela repassou com dura frieza sua estada na casa dos tios, os anos no abrigo de menores em Novo Hamburgo e os tempos ingratos na Fazenda Jaborandi, enquanto João se refugiava daquela sequência de tristezas e flagelos soprando o café, forjando pequenas revoluções no líquido fumegante. A água superaquecida havia tostado o pó e lhe feria os lábios.

Para quem evitava se fixar diretamente sobre a face marcada de cicatrizes e a boca flácida e murcha que despejava uma trajetória de torpezas, sem qualquer cerimônia ou prurido, foram trinta ou quarenta minutos de puro estupor. O café esfriou na xícara sem ser terminado.

— Nem perguntou nada, cara — disse Rosa. — Não tava curioso pra saber da minha história?

— Tava — mentiu.

Precisava, em verdade, se livrar daquele pesadelo. O bustiê laranja apertado, com suas tirinhas paralelas dividindo em finos gomos a carne magra da amiga de infância, parecia aos poucos se encharcar de leite. Devia ser hora de Doralice mamar. Talvez a menina despertasse logo. Mas ele não queria assistir àquela operação. O sonho da noite estava ainda muito vivo em sua cabeça.

— Olhando agora, de longe, acho que foi você quem me jogou nessa vida — ela disse, de golpe.

— Eu? — protestou João, saindo do seu mutismo.

— Me cozinhou pro que veio depois.

— Sem essa, Rosa... Nós...

Interrompeu-se, achou temerário insinuar que eles gostavam um do outro. Sentiu repulsa em lhe falar de proximidade ou alguma espécie de afeto.

— Quando meus primos queriam fazer coisinhas, eu ficava pensando que ia ser como tu.

Ele esboçou um gesto com as mãos abertas, como quem diz "que culpa eu tenho disso?".

— Eu não sou mais aquela bobinha — disse Rosa.

— Nem eu sou aquele guri. E nunca te machuquei como teus primos fizeram.

Ela cravou os olhos nele com uma ponta de ironia no semblante.

— Nada que fiz foi por mal, tu sabes disso. Nós... — interrompeu-se outra vez. — Não fala dessas coisas pra Sandra, por favor. Ela não vai entender.

— Por que, se nada foi por mal?

Ele a fuzilou com os olhos, enquanto depositava a xícara no balcão.

— Nosso casamento tá complicado — disse. — Vai desandar tudo.

Rosa deu uma risada marota, em nada apaziguadora.

— Contei que a gente se grudava pra ver tevê.

João empalideceu.

— Como assim, se grudava?

A outra deu de ombros, tinha prazer em torturá-lo:

— Era pra esconder alguma coisa?

— O que tu falaste para ela?

— O que tu achas?

— Isso pouco importa. Importa o que foi dito.

— Não me meto em treta de casal. Quero que se virem, vocês dois.

Por instantes se encararam com animosidade. Perturbado, João deu as costas para ela e pegou o rumo do corredor. Mas parou no meio do caminho, girou o corpo, retornou à cozinha:

— Se tivesse tempo bom, eu corria vocês daqui agora. Tu és muito abusada!

Logo, se arrependeu do que dissera. Outros sentidos mais perversos e coerentes com a biografia de sua interlocutora se sobrepunham ao que ele tentava enunciar. Rosa captou-os.

– Já fui muito abusada. Agora só toca em mim quem eu quiser.

Levou a mão ao entrepernas e se esfregou com vigor, repetidas vezes, de cima a baixo, de baixo para cima:

– Esta buceta não é mais pra qualquer um.

Fez-se um silêncio pesado, insolente. Rosa instilava ódio no olhar. Ele respirou fundo, sentiu medo de que Sandra tivesse acordado com o tom de voz alterado da outra. Preferiu ceder:

– Chega desse assunto, por favor. Nem que seja pela ajuda que estamos te dando.

Depois, esperando a resposta que não viria, com o constrangimento de quem se despede antes da hora sem um toque de mãos sequer, deu-lhe as costas mais uma vez e retomou a jornada interrompida pelo corredor.

– Filho da puta! – ouviu-a dizer.

Mas seguiu em frente, sem contestar. Talvez tivesse sido mesmo um filho da puta. Saiu, batendo de leve a porta atrás de si.

O cheiro de urina na parede lateral também estava ficando insuportável.

Um dia de cada vez

Sandra acordou tarde. Finalmente, conseguira expulsar do corpo o cansaço da longa viagem e da inesperada confusão da noite tempestuosa. Desceu vestindo apenas seu roupão atoalhado e, de pronto, se incomodou com o que encontrou na cozinha. Havia migalhas de pão por toda a mesa, a manteiga amolecida pelo calor estava lambuzada de geleia e uma colher de sopa com ares de uso recente jazia mergulhada no vidro de doce marrom-escuro trazido do Uruguai. Não viu copos sujos na mesa ou na pia, mas a caixa de leite ficara aberta sobre o balcão.

A hóspede recolhia suas roupas lavadas do secador. As duas mulheres trocaram cumprimentos comedidos.

– Estas coisas não podem ficar fora da geladeira, Rosa. Estragam, enchem de formigas.

– Eu já ia guardar.

– Tem pratos e copos no armário de parede – disse Sandra. – Não é legal beber direto na caixa.

– Não tomei no bico. Eu lavei e guardei o copo que eu usei.

A dona da casa abriu uma das portas do armário, tirou de lá uma caneca de plástico transparente e depositou-a sobre o balcão.

– Fica com esta pro teu uso.

A outra baixou a cabeça, em concordância. Para aplacar a súbita raiva que sentiu daquela mulher metida a sebo, puxou a colher que mergulhara no doce de leite, raspou com os lábios o seu conteúdo e o degustou com vagar. Depois, lambeu a colher uma ou duas vezes e a jogou na cuba da pia de aço inoxidável.

– Logo mais eu lavo.

– Podias passar a ferro a tua roupa. Ajuda a matar os germes.

– Não tem germe nenhum. Nunca esteve tão limpinha.

A anfitriã tratou de fechar as embalagens que Rosa deixara abertas, com exceção da caixa de leite, que, definitivamente, tencionava descartar. Tinha optado por fazer um ovo quente no forno de micro-ondas para o desjejum, assim poderia dispensar o que encontrara em condição suspeita.

– A Doralice melhorou? – perguntou.

– Parece que sim.

– Dormi demais. Passou da hora de dar o remédio.

– Acordo a bichinha?

– Vamos tentar com ela dormindo.

Enquanto aguardava o cozimento do ovo, extraiu do envase com uma seringa uma dose do antibiótico. Foram as duas para o quartinho, onde a bebê dormia tranquila. Rosa despejou sobre a cama improvisada a roupa que havia recolhido.

A menina sorveu o remédio aos poucos, sem se despertar, sugando o bocal da seringa como se fosse uma chupeta.

– A dona leva jeito com criança – disse a mãe.

O comentário amistoso animou Sandra. Sentiu-se mais segura para avançar os limites que vinha se impondo na relação com a hóspede.

– Acordei pensando nela. A Dorinha precisa tomar as vacinas. Tem tanta doença braba por aí.

– A guria é forte.

– Mas vive na rua, tá mais exposta. Do jeito que vocês cortaram o cordão, ela podia ter morrido de tétano.

– Mas não morreu. E foi bom demais. O dia mais feliz. Por que não tenta fazer uma guriazinha também?

Sandra sentiu o tom provocador da outra, mas insistiu em manter o foco.

– Isto é brincar com a sorte, Rosa. Criança é muito frágil. Pode pegar tuberculose, difteria, coqueluche, paralisia infantil... Deus me livre! Já pensou a coitadinha com uma perna seca e atrofiada?

– Se vive um dia de cada vez. O que tiver que ser, será.

– Sem vacinas, ela não vinga. Crianças não vacinadas têm dez vezes mais chances de morrer.

– Vira essa boca pra lá! Que agourenta! Já falei que no posto eu não vou.

– Chamar em casa é muito caro. No postinho, é de graça. E atendem todo mundo. Por que tanto medo? Eles vão te ajudar a registrar a Doralice.

Rosa a confrontou com impaciência e desdém. Ainda que estivesse habituada a ter suas opiniões desconsideradas, se irritava em ver alguém se intrometendo nas suas escolhas.

– Em nome de quem vão registrar? Aí é que está...

– Pensa na Dorinha.

– Penso na Doralice todo o santo dia. O dia todinho. Só penso na Doralice – disse Rosa, enfatizando com um tom mais elevado o nome que elegera para a pequena. – Eu sou tudo o que ela tem.

– Estou querendo te ajudar.

– Vão me ajudar só até passar esta chuva, o teu homem me avisou hoje de manhã. Depois, é tudo comigo de novo.

– Tu podes trazer a menina aqui sempre. Eu quero muito cuidar dela. Por mim, a Dorinha podia ficar.

A mãe puxou o lençol sobre Doralice e olhou para Sandra desconfiada.

– Então cuida dela um pouco mais enquanto pode. Preciso ver se o Caçapava tá aí – disse, tomando a direção da porta da frente.

Num gesto maquinal, Sandra levou a mão ao seio esquerdo. Parara de doer durante a noite, mas o tinha mais sensível. Por instantes, desejou que Dorinha despertasse esfomeada, mas ela dormia em paz.

– Leva o doce de leite pra ele. Deve estar precisando de glicose – disse, voltada para a cozinha.

Ficou admirando a criança por um bom tempo depois de ouvir a batida da porta. Tinha diante de si um serzinho perfeito, uma flor carnuda que brotara em meio ao lixo. Comparou o tom de pele da menina com o amarelo claro do seu roupão: Dorinha ficaria bem bonita vestida daquela cor. E de verde. De laranja. De lilás.

Saiu do quarto dos fundos sentindo vontade de comprar roupas para a guriazinha, mas seria insensatez deixar a casa entregue aos cuidados de Rosa. Retirou do forno de micro-ondas o ovo que pusera a cozinhar. Encontrou-o já morno. Comeu-o com meia dúzia de colheradas e voltou decidida para junto da bebê. Estirou-se no piso ao lado dela, pois na cama da outra não deitaria, e levou o seio desnudo – agora o direito, ainda virgem – até roçar o mamilo na boca entreaberta da pequena. Dorinha deu um suspiro profundo e começou a mover os lábios com suavidade.

Pai é pai, mãe é mãe

Quando a hóspede do sobradinho amarelo saiu para o jardim, a cadela Furiosa a recebeu excitada e saltitante. Rosa se deixou lamber pela amiga saudosa, abraçou-a, encheu-a de afagos. Ficou feliz com a sincera demonstração de apego que recebia do animal.

Caçapava estava desperto, mas seguia curtindo sua ressaca alcoólica amontoado sob os cobertores. Nada de melhor havia para fazer naquele dia cinzento e chuvoso.

Rosa se encaminhou até ele, com dificuldades para se desvencilhar do assédio do animal. Sentou-se no chão, numa ponta do colchonete, puxando Furiosa para junto de si.

– Tá chumbado, homem? Trouxe um doce pra ti – disse, estendendo-lhe o pote.

Caçapava pegou o vidro, coçou o queixo e, depois, ficou alisando a barba.

– É bom lá dentro? – perguntou.
– Que bafo! Andou bebendo, tchê?

O outro ergueu as sobrancelhas e arregalou os

olhos. Era avesso a fazer confidências ou dar explicações. Não daria resposta mais conclusiva.

– Cama seca e banho de chuveiro, comida boa, remédio... – resumiu Rosa. – Vida de burguês. Quer que eu pegue mais alguma coisa de lá?

– Só se tiver uma paletinha de cordeiro assada... Disso eu tenho saudade.

Riram-se os dois.

– Vou ver se tem, pode deixar. Será que secaram as coisas? – perguntou, olhando ao redor.

– Mais ou menos. A chuva não para.

Rosa se ergueu e foi até o carrinho de supermercado onde estavam seus pertences. Conferiu o envelope com o anel de brilhante em plástico – brinde do sorvete seco – que trazia consigo desde menina e a correntinha dourada, achada na rua, esperando o momento certo de poder enfeitar a filha. Reviu a fotografia amassada da mãe, sempre tão séria e triste, e sentiu saudades. Depois, devolveu tudo à bolsinha azul. Debaixo do relógio de parede com um ponteiro só, que passara a carregar logo após a chegada de Doralice como símbolo de seu próprio renascimento, resgatou o chocalho de gatinho que ganhara de uma jovem grávida com mechas de cabelo lilás. Era o único brinquedo da pequenina.

– E se encachaçou por quê? – quis saber.

Caçapava olhou para o próprio umbigo, tomou um gole da bombona de água que fizera pernoitar ao alcance de sua mão, bochechou com o líquido para afastar a secura da boca e deu uma cusparada na parede. Depois, ladeou a cabeça de um jeito estranho, evitando olhar para Rosa. Tinha as vistas brilhando, como se fosse chorar, coisa que ela nunca vira acontecer.

– Deu um banzo – disse.

– No domingo, vou pedir pra assarem uma paleta de ovelha só pra ti – disse ela, dando um soco de leve no ombro do amigo.

– Domingo é muito longe, Rosa. Não confio neste povo. Tá na hora de tirar o time.

– A Doralice ficou ruinzinha da garganta e a doutora tá cuidando dela. Mas quer porque quer nos levar no postinho de saúde. Ficou me assustando com um monte de doença braba. Perna seca, tuberculose, morte... Cruzes!

– É o que eu digo, acham que sabem de tudo. Numa dessas, aprontam.

Rosa voltou a sentar no colchonete ao lado do *irmão das ruas*. A cachorra se aconchegou de novo junto dela e lambeu o chocalho de gatinho que a mulher sacudiu na sua cara.

– Ela gostou de me ver – disse Rosa, afagando a cabeça de Furiosa.

Caçapava resolveu sentar. Encostou-se na parede, fechou a bragueta e amarrou na cintura os cadarços que usava para firmar a calça. Pousou na parceira um ar de contrariedade:

– Quem perguntou por ti foi o Jerônimo. Quer conhecer a guria.

Rosa firmou nele o olhar, entre feliz e encabulada.

– Foi mesmo? Onde ele tava?

– Na Ipiranga, tu sabes onde.

Caçapava torceu o nariz.
– Aquilo é coisa ruim.
– Pai é pai.
– Pai que é pai fica junto na hora do aperto.
Foi a vez de Rosa evitar os olhos do parceiro. Ficaram os dois, algum tempo, admirando o traçado oblíquo dos pingos da chuva que caía.
Irritado com a tontice da outra, Caçapava completou:
– Melhor depois, então, quando a gente sair daqui. Ele é só confusão.
– A doutora falou que é coisa de um dia ou dois pro remédio fazer efeito. Aí, vamos embora.
– Vou procurar um lugar bom. Os brigadianos de ontem continuam olhando feio pra cá.
Rosa se levantou, ajeitou as tralhas do seu carrinho. Caminhou até o portão e ofereceu o rosto para o chuvisqueiro miúdo e refrescante. Deu uma espiada para além do muro, de um lado a outro: nada de Jerônimo. Fantasia dela: Caçapava devia ter-lhe omitido onde estavam. Sem encarar o *irmão das ruas* mais uma vez, pediu:
– Se o filho da puta aparecer, me chama. De dia ou de noite.
Foi até a porta e apertou a campainha.
– Come o doce – disse. – É bom demais.
O outro ergueu o pote, como se brindasse.
Doralice machucou o mamilo de Sandra quando esta o recolheu, apressada, da boca ávida que o sugava, ao ouvir o blim-blom do retorno da mãe. Depois, magoada, abriu o berreiro.

Sandra deixou Dorinha na cama, se levantou do piso do quartinho e escondeu sob o roupão atoalhado o seio pulsante que oferecera à menina com sutileza igual a que usara para ministrar-lhe o antibiótico. Correu para abrir a porta, ouvindo os gritos rancorosos da criança de quem havia roubado a chupeta.

– Vai lá – disse para Rosa. – Ela acordou com o barulho da campainha.

Depois, rumou para o andar de cima, sentindo uma leve tontura, um tremor nas pernas, uma opressão no peito. Sentou no vaso do banheiro para se restabelecer. No bico do seio, desta vez, o que encontrou foi um fiozinho de sangue. Ocorreu-lhe que Dorinha poderia ter lhe passado hepatite ou, mesmo, AIDS. Encarou longamente sua face aflita no espelho sobre a pia. Catalogou as rugas que se haviam estabelecido para ficar todo o sempre junto aos olhos e à comissura dos lábios. Avaliou a flacidez crescente nas bochechas e na pele do pescoço. Sentiu-se envelhecida, mas imatura e patética. Precisava parar com aquelas brincadeiras loucas.

Decidiu que, custasse o que custasse, haveria de ser mãe.

Um apartamento iluminado

No nosso intervalo de almoço, João me convidou a conhecer o apartamento de Petrópolis. O pai o avisara pela manhã, como se tivesse ouvido a discussão com Sandra na noite anterior, que o antigo inquilino deixara o imóvel na sexta-feira passada e era preciso ver o estado em que ele o entregara. O velho autossuficiente insistia em gerenciar sem a ajuda de imobiliárias a sua batelada de propriedades, mas já não dava conta de cumprir os rituais de praxe: coleta das chaves, vistoria final, acerto de pendências. Também, agora, o imóvel pertencia de direito ao filho; cabia a ele resolver essas questões.

Se, de um lado, a notícia o agradou, porque poderia definir de imediato as negociações com Sandra relativas à mudança de moradia, de outro, trazia o ônus de passarem a arcar com os elevados custos condominiais, sem contar com qualquer acréscimo de renda. A herança antecipada começava a lhe trazer dores de cabeça e, por ora, prejuízos financeiros.

O prédio ficava numa rua calma e arborizada, na região entre a Rua Eça de Queiroz e a Barão do Amazonas. Era uma zona boa. Estacionei o rabecão em frente ao edifício, mostramos nossas credenciais da Polícia Civil e anunciamos ao assustado porteiro que estávamos ali para buscar um corpo no apartamento 801. Exigimos que entregasse as chaves deixadas pelo inquilino e nos mostrasse o caminho. O homem empalideceu e nos conduziu gaguejando fracas ordens de comando até chegarmos à porta do elevador.

– Mais algum suspeito do assassinato, além de você? – João perguntou.

– Eu, suspeito?

– Quem mais sabia que ela estava lá sozinha? – perguntei.

– Mas não mora ninguém no 801 – balbuciou o porteiro. – Saíram na semana passada.

– Então só pode ter sido você – eu disse.

O elevador chegou ao térreo. João se despediu do homem assustado:

– Brincadeirinha. Sou o novo proprietário. Só vamos dar uma olhada.

Deixamos o homem no hall, com a camisa empapada de suor e um sorriso amarelo no rosto. Subimos até o oitavo andar aos risos. Gostávamos de fazer piadas com a nossa profissão. Era uma das poucas compensações que a tarefa funérea nos permitia. João sentia um prazer perverso em gerar desconforto com a presença indigesta do rabecão ao transitar pelas ruas. Escolhendo a frase à conveniência do freguês, era costume seu anunciar para o motorista preso ao engarrafamento ao lado do furgão, apontando para a carroceria: "sete facadas porque não quis entregar o carro", ou "esta perua perdeu todas as joias" ou "deste mauricinho arrancaram o braço para roubar a leva-tudo". Mas, frente aos cidadãos envolvidos com a morte, se travestia de cuidados e respeito no trato dos cadáveres que recolhia, fosse num bairro mais chique ou nas vilas populares.

De início, eu lhe dizia que ele só podia usar este modo impertinente e arrogante por ter as costas quentes. Era filho de desembargador. Depois, acabei cumprindo minha parte naquele jogo cruel. Éramos parceiros e, às vezes, os amigos cometem essas barbaridades quando estão juntos.

O apartamento era amplo e iluminado. Parecia dispensar maiores reparos, a não ser uma nova pintura mais caprichada, caso João resolvesse morar nele. Para locação, estava passável. Encontramos alguns resíduos de cupim no marco da porta do lavabo, que eu sugeri fosse trocado imediatamente, antes que a praga se alastrasse. E nada mais de significativo.

O inquilino havia deixado na cozinha uma geladeira velha e, na sala de estar, um sofá-cama vermelho desbotado. Pluguei o fio do refrigerador na tomada, ele estremeceu e começou a ronronar. Ainda funcionava.

– Belo apartamento – eu disse. – Nunca tinha entrado num deste tamanho.

– A gente recolhe muito pobre. Rico morre mais em hospital ou na ambulância – disse João, como forma de explicação.

Sentamos no sofá vermelho e ficamos olhando a paisagem da janela. Via-se de lá os altos contornos do bairro Santo Antônio e do Partenon, mais além o Morro da Polícia e, aos seus pés, o prédio quadrangular do Presídio Central.

– Vai ser difícil esquecer o trabalho morando aqui, João.

– Mas deste outro lado vai dar. Dá pra ver o rio e o pôr do sol – animou-se ele.

Depois, desfiou um rosário de confidências sobre suas dificuldades com Sandra e as novidades trazidas por Rosa. Despojou-se delas de roldão, como se já não suportasse o peso de carregá-las sozinho. Ouvi-o calado, sabia que seria melhor, que ele apenas precisava desabafar. Quando se acalmou, ficamos ali ainda mais alguns minutos em silêncio, atirados no sofá. De súbito, se levantou:

– Vamos embora, ela já decretou que não quer morar aqui. Não vai mudar de opinião – disse. – Vou desligar a porra da geladeira.

E se dirigiu para a cozinha.

Dando tapinhas no estofado, eu disse:

– Se não quiseres as tralhas, levo pro meu sobrinho, que tá montando casa.

Ele deu um sorriso incongruente:

– Primeiro, me deixa ver com a Sandra o que nós vamos fazer.

"Cada um é
senhor do seu destino"

Na tarde daquela terça-feira, o tal Jerônimo, pai de Doralice, apareceu de visita no sobrado. As nuvens haviam se dissipado e a chuva finalmente parara de cair, ao menos sobre a Rua Octávio Corrêa, na Cidade Baixa. O contato repentino do calor do sol com as superfícies de granito ou basalto fazia brotar fios de névoa dos passeios e renovava a sede dos telhados.

O homem de torso nu, marcado por tatuagens malfeitas, parecia ser bem mais jovem do que o casal de invasores do sobrado amarelo. Estacionou seu carrinho de catador puxado a muque na frente da casa, fez um aceno distante para Caçapava desde o outro lado do muro, pois de há muito não se davam bem, e ficou à espera de Rosa. Queria vê-la de novo e conhecer a filha.

O *irmão das ruas* custou a se mover de seu colchonete, talvez pressentisse problemas, mas sabia que a parceira ansiava por rever o pai da criança. Ainda assim, dispensou a campainha e deu três pancadas rápidas com os nós dos dedos na porta. Atento ao descaso do outro, Jerônimo gritou por Rosa lá da calçada para a janela aberta da sala. Fez-se ouvir com mais clareza no ambiente da cozinha, onde ela estava cuidando da louça, do que Caçapava com as suas batidas tímidas. Sandra acabara de voltar do quarto dos fundos, anunciando que a febre de Dorinha cedera.

Rosa saiu para a rua, deixando aberto o portãozinho, e dirigiu ao visitante uma sucessão de tapas visivelmente retóricos. Cobrava com safanões cuidadosos o sumiço do outro. A cadela Furiosa se associou ao ataque, mas a própria Rosa, desmascarando seu falso rancor, conduziu-a mais uma vez para o cercado do jardim, encerrando-a ali.

Com Dorinha ao colo, Sandra acompanhou o início do bate-boca dos pais da menina pela janela. Depois, o homem tatuado puxou Rosa para os lados da Rua Lima e Silva, tirando-a das vistas de todos. Caçapava se ergueu de onde estava e espiou por sobre o portão, pronto a intervir, mas retornou logo depois ao seu lugar.

Passados dez minutos, o casal apareceu para buscar Doralice, alternando entre si uma garrafa de cachaça pela metade.

– Traz logo a Dorinha de volta, Rosa. Lembra que ela tá doente – disse Sandra, preocupada, se desprendendo a custo da menina.

A outra a olhou com impaciência.

– A Doralice já tá sem febre.

O pai tomou a filha nos braços, ergueu-a para o

alto, avaliou-a longamente e, depois, encheu-a de beijos babados.

– Tá bem criada – elogiou. – Linda como a mãe.

– Ela vai ficar comigo. Pode entrar – Rosa disse para Sandra.

A anfitriã viu na postura da hóspede uma patroa esnobe falando em tom de desprezo com a sua empregada diante de uma visita. Que cara de pau! Ainda assim, implorou com sinais para que Caçapava cuidasse da menina. Depois, fechou a porta e correu para a janela.

Os pais da criança, levando-a consigo, foram se acomodar no carrinho do recém-chegado entre sacos de latas amassadas de cerveja ou refrigerante e caixas de papelão. Ele brincou com a bebê e se deram beijos prolongados, Rosa e Jerônimo. Nem um quarto de hora se passou e a mãe pediu para deixar a filha com Caçapava.

– Já volto – disse, alvoroçada. – Cuida da bichinha pra mim?

O parceiro ficou onde estava sem fazer qualquer menção de atendê-la.

– Nós vamos ali, no parque. É só um pouquinho – insistiu ela.

– Vê se não embarriga deste traste de novo.

Visivelmente contrariado, tomou a pequena no colo e deu as costas à Rosa. O outro a enlaçou pela cintura e lhe deu um beijo sugado no pescoço, bolinando sem pudor um dos seios oprimidos pelo bustiê laranja. Tomou um bom gole da garrafa de cachaça que levava na mão esquerda e, depois, a repassou para Rosa. Então, começou a puxar seu carrinho-cama em direção ao parque e ela tratou de segui-lo, sem vacilar. A bebida alternava-se de mãos pela rua afora.

Desde a sala de estar, Sandra observou Caçapava acomodar a bebê na cesta de piquenique, sacudi-la até que se acalmasse e, depois de um momento de reflexão – acocorado perto da menina –, começar a recolher os seus pertences e arrumá-los numa mochila esfiapada. Preocupou-se:

– Vocês vão embora? – quis saber.

– Eu vou – ele disse.

Sandra acabara de assistir à dissolução daquele pequeno núcleo familiar e temeu por Dorinha. Caçapava, ainda que não fosse o pai, parecia ser uma peça importante para o bem-estar do conjunto. Um suporte confiável. Famílias, afinal, havia-as de todos os tipos.

– Elas precisam de ti – apelou Sandra.

– Não precisam mais – disse o outro, sem interromper o que fazia.

– Esse Jerônimo, eu não sei...

– A Rosa só quer frege.

Doralice, no berço improvisado, começou a chorar.

– Deve estar com fome – disse Sandra. – Será que ela vai demorar?

– Ah! Vai.

– Então busca leite em pó no supermercado. Eu dou o dinheiro e fico com a Dorinha.

Temia que ele fosse embora, carregando consigo a guria.

— Há anos não me deixam entrar num supermercado. Vai lá a senhora.

Sandra deu-lhe razão. Era incomum ver mendigos no interior dos estabelecimentos comerciais. Buscou a bolsa e o chocalho de gatinho. Ao assomar à porta, pediu para Caçapava:

— Segura a cadela. E distrai a Dorinha com isso.

A caolha Furiosa não se moveu de onde estava. O outro pegou o brinquedo, sacudiu-o sobre o berço da criança, mas Doralice seguiu ranzinzando.

— Pode ir — ele disse. — Eu espero.

Sandra recebera mais uma autorização. Será que todos ali mandavam nela? Correu até a farmácia mais próxima, já sem medo de que o homem fugisse levando consigo a menina. Seu modo de falar lhe passava confiança. Comprou o leite em pó apropriado e, também, uma mamadeira pequena e um sugador de nariz. Num ímpeto irrefreável, voou até a loja de roupas na esquina da Venâncio Aires para comprar algumas peças para Doralice. Quando a reviu, ainda que chorosa, com Caçapava, suspirou aliviada. Demorara mais do que o previsto.

Após as negociações para entrar a salvo da cachorra guardiã, resgatou a bebê e seu brinquedinho e se encaminhou para o interior da casa.

— Espere por Rosa — disse. — Esse cara não parece boa coisa.

Caçapava dirigiu-lhe um olhar cansado.

— E eu lá sou besta?

Voltou a recolher as roupas espalhadas pelo jardim e a acomodar seus trastes na mochila que pretendia levar. Um colchonete e um cobertor cinzento de lã grosseira jaziam enrolados junto ao muro, para serem amarrados a ela. A parte maior dos utensílios de cozinha, sacos de roupas e pacotes com comida estavam acomodados num carrinho de supermercado oculto sob o telhadinho. No outro carro, Caçapava depositara um segundo conjunto de colchonete, papelões grossos e cobertor. Dividira o espólio de sua extinta relação com Rosa, deixando-a melhor equipada do que ele ficaria. Para si, prescindia de carrinhos.

– A cadela vai ou fica? – perguntou Sandra.

– Ela é quem sabe. Cada um é senhor do seu destino.

A dona da casa fechou a porta de entrada com um aperto no coração. Novamente à janela, viu-o amarrar na mochila o rolo que estava junto ao muro, depois jogá-la às costas e sair para a calçada. O animal o acompanhou, sem relutar. Era-lhe fiel. Ou devia estar cansado da encerra no jardim. Sandra ergueu o bracinho de Doralice e forjou um derradeiro aceno para Caçapava, mas ele seguiu sem se virar para onde elas estavam. Lançou um olhar na direção do parque, esconderijo escolhido pelos amantes para colocar em dia as saudades represadas, e tomou o rumo oposto, o da Rua Lima e Silva.

A paz de volta e tiptops

A tarde de João fora tranquila. Apenas tivera de juntar os cacos de um motociclista acidentado numa esquina da Avenida Ipiranga. Mas o fizera com o espírito desanuviado. A notícia do apartamento em disponibilidade e a constatação de que estava pronto para uso o deixaram muito animado.

Quando voltou para casa, à noitinha, se surpreendeu com a ausência de Furiosa e Caçapava no jardim, em especial porque seguiam ali as tralhas guardadas nos carrinhos. Apressou-se em abrir a porta da sala para ouvir o relatório diário da companheira e saber das novidades. Esperava que os invasores tivessem saído à procura de uma nova morada.

Sandra banhava Dorinha na bacia vermelha sobre a mesa da cozinha. Embora o dia ainda estivesse quente, a menina se contorcia, trazia os lábios arroxeados e batia queixo. A operação limpeza se estendera demais e ela sentia frio. Sandra convidou João a segurá-la, mas ele preferiu se afastar da pequena, precisava se livrar dos eflúvios da tarde. Perguntou por Rosa e Caçapava e ficou desgostoso com o relato que ouviu. A substituição do outro por Jerônimo lhe pareceu totalmente desvantajosa.

– Pelo menos a febre passou e a noite tá agradável. Eles podem tomar seu rumo. Bêbada, ela não vai entrar aqui.

– Também não pode amamentar. Comprei leite em pó e mamadeira – anunciou Sandra. – Melhor deixar isto pra amanhã.

– Isto o quê?

– Isto de tomarem rumo.

– Se Rosa voltar... – disse João.

– Claro que volta.

– Tomara.

– Mas eu não me importaria se ela deixasse a Dorinha aqui conosco.

Sandra enrolou a bebê na toalha e o companheiro subiu para tomar uma chuveirada, como era seu hábito ao chegar do trabalho. Ao sair da cozinha, disse:

– Tá na hora de se livrar desse povo. Quero minha paz de volta.

Enquanto se encaminhava ao segundo andar, ouviu Sandra resmungar:

– Teu pai telefonou sobre o apartamento. Perdemos o inquilino.

– Já falei com ele e fui até lá – gritou do andar de cima. – É uma beleza.

Sandra esperou por João sobre a cama do casal, com Dorinha vestida e perfumada. Ele chegou e se deitou de lado, voltado para a bebê, no espaço que lhe tocava sempre. Ficaram os dois brincando com a

menina, que mostrava excitação, sacudindo as pernas e os braços, em movimentos descoordenados.
– Não é um amor? – interrogou-o Sandra.
– É, sim – disse ele, voltando a atenção para as mensagens que recebera no celular.
– Comprei umas roupas pra ela. Não ficou lindinha?
– Ficou.
A companheira retomou a carga:
– Vamos ficar com ela. Há tempos que penso em adotar.
João se soergueu sobre os cotovelos, apoiou as costas na guarda da cama e largou o telefone na mesa de cabeceira.
– Adoção é um processo lento, Sandra. Não funciona assim. Além do mais, a Rosa não vai querer.
– A gente convence.
João apoiou a cabeça nas mãos e suspirou:
– Não se adota criança de mãe conhecida. Isso é confusão na certa. A Rosa vai viver por aqui, se metendo em tudo, achacando grana, confundindo a cabecinha dela.
Sandra insistiu:
– Tem que ser esta pitoca, João. Eu me apeguei tanto! – disse, beijando-lhe a bochecha. – Não quero nem pensar em Dorinha saindo daqui.
– Pois pense, querida. E pense já. Eu posso concordar com a adoção de uma criança, mas não quero a filha de uma mulher como a Rosa, que sabe nossos nomes e endereço e vai nos torrar a paciência pela vida toda.

– Nós sempre fomos parceiros, João.

– Quer ser minha parceira, vamos nos mudar pro apartamento. Estive lá hoje. É bom demais. Vamos sair deste muquiço.

– Agora nossa amada casinha virou muquiço?

Ele espalmou as mãos para cima e mostrou o ambiente em que estavam: as paredes escurecidas pela umidade, as venezianas roídas pelos cupins, a porta adernada raspando no piso.

– Não tem qualquer comparação. Sem precisar de reforma.

– Já te falei que não quero mudar. Aquele não é o meu lugar.

– Lá iniciamos o processo de adoção – ele barganhou.

– Tu não entendes que eu quero a Dorinha?

– A Dorinha não vai dar, amor. Eu não vou amarrar a Rosa no meu pé – disse, se levantando da cama e deixando o quarto.

Refugiou-se no escritório: um pouco de música lhe faria bem.

Outra vida pela mão

"Lá iniciamos o processo de adoção." Foi o que saíra de sua boca, enquanto discutia com Sandra.

A frase inoportuna agora ecoava em sua cabeça como um bumbo, a marcar um novo compasso em sua vida. Abrira perigosamente a guarda da paternidade e já estava arrependido. O assunto tantas vezes deixado de lado voltava-lhe agora como barganha malposta. De saída, já derrotada, pois a dúvida maior – ter ou não ter filhos – persistia. Por que havia dito aquilo?

Ainda não via sentido em ser pai. Nada de muito auspicioso tinha a ensinar a uma criança e o mundo precisava de gente melhor, não mais do mesmo. Na verdade, nem sequer precisava de mais gente a povoá-lo, abarrotado que estava. A espécie não se mostrava ameaçada, não pedia a ele esforços especiais para a sua preservação; ao contrário, era ela quem colocava em risco a sobrevivência da vida na Terra.

Por vaidade pessoal, também não via sentido em conformar descendência. Tinha ele algo a oferecer? Que joia rara, que preciosidade única guardava em seu íntimo para justificar o esforço trabalhoso e absorvente de lapidá-la para repassar adiante?

Aprendera pouco sobre paternidade com as gerações anteriores, em que os homens eram, não raro, inábeis, ausentes e infantis, deixando tudo a cargo das mulheres, como se coubesse apenas a elas rascunhar os primeiros passos da trajetória dos filhotes e dar conformação e sentido à existência humana. Uma leva de homens cuja voz servia apenas às ameaças, às correções de rota e às atitudes coercitivas, quando as companheiras se viam desorientadas e perdiam o prumo. Homens escorados em mulheres a cada dia mais assexuadas, ressentidas e exaustas.

Não queria ser um pai assim. Não queria ver Sandra transformada numa mãe assim. Procurara sempre, sem sucesso, outros exemplos satisfatórios a perseguir. Sentia a necessidade de inventar caminhos, mas tinha para si que a paternidade não é coisa que aceite invenções, é recomendável dar ouvidos ao acúmulo de sabedoria. Mas onde haviam escondido nele este cofre de saberes? E quem se tornariam os dois neste processo?

Nunca achara justo trazer um filho ao mundo apenas para satisfazer o desejo alheio ou qualquer tipo de pretensa necessidade biológica. Precisava cavar em si as razões que justificassem o passo adiante, bem para além da conveniência de morar num apartamento melhor. Tampouco, alguma vez, fora um bom exemplo para alguém, era o que os outros lhe haviam incutido: irritante, trombador e incômodo. Um homem de escolhas equivocadas. Arrogante, mas indeciso.

Enfim, abrira a guarda. A concordância em ser pai lhe escapara num rompante. Sandra, agora, não largaria mais do seu pé. Trataria de consolidar o território conquistado. Acabava de dar novamente razão aos seus críticos, voltara a fazer uma má escolha.

A frase malposta "lá iniciamos o processo de adoção", da forma simples como lhe saíra, era reveladora de sua inabilidade para ser pai. Como se adotar um filho trouxesse desafios diferentes do que pari-lo, pelo simples fato de que se tratava, não de jogar ao mundo mais um ser pedinte de cuidados e incapaz de sobreviver por si, mas de proteger uma criança frágil da atitude mal calculada de outros seres humanos. Um passo já dado por outrem a ser corrigido. Inconsequente, louco, desastrado, impensado, o que fosse: algo a reparar, em suma. Forjado por algum estranho o desastre de gerar uma criança sem ter condições de dar-lhe algum futuro, cabia a nós – humanos contemporâneos da bobagem efetivada – acomodar a questão.

Isso era o que ele fazia todo santo dia. Era o que ele sabia fazer: apagar malfeitos, recolher os cacos da humanidade, suprimir os restos inconvenientes. Tratava sempre no seu dia a dia de "acomodar a questão".

Criar um filho seria distinto. Não lhe bastaria chegar ao campo de batalha tão somente para resgatar um soldado abatido. Apenas para livrar o tabuleiro de jogo das peças desencaixadas, como ele e o parceiro faziam cotidianamente com seu rabecão. Não se cria um filho começando pelo seu fim. E nem mesmo se quer enxergá-lo, o fim de um filho. Há toda uma longa e tortuosa estrada a percorrer, do nascimento – ou adoção – à morte.

Agora, por causa de uma frase impensada e torta, teria – mais dia, menos dia – de aprender a conduzir outra vida pela mão. Veria sentido nisso?

Pedradas certeiras

Haviam acabado de acomodar Dorinha num berço improvisado ao lado da cama de casal quando começaram a ouvir o alarido de Rosa e do homem tatuado voltando da farra. Cantoria, falação, risadas.

Assim que topou com o acampamento desmontado, Rosa suspeitou que Caçapava houvesse fugido levando consigo Doralice e, sem qualquer hesitação, arrastou Jerônimo para uma busca pelas redondezas, pelos refúgios habituais do outro. Ela havia deixado a filha com o antigo parceiro e tinha certeza absoluta – já o conhecia bem – de que ele não a devolveria a ninguém mais do que à própria mãe. Recebeu-a dela, entregaria apenas para ela. Assim funcionava *o irmão das ruas*, com quem tinha convivido tantos meses. É provável que estivesse protegendo a menina da presença do pai.

De seu quarto, Sandra e João preferiram silenciar ante as elucubrações desavoradas de Rosa. A voz engrolada denunciava o seu nível alcoólico. Acharam conveniente retardar o enfrentamento com a dupla de bêbados exaltados, mas não conseguiram dormir de pronto e logo se arrependeram de ter mantido em segredo que a bebê estava ali com eles. Os pais acabariam voltando ainda mais agoniados do que antes e a expectativa do difícil embate que os esperava era desanimadora. Sobretudo porque Sandra insistia em não entregar a criança, tanto para defendê-la dos dois como pelo desejo íntimo de apropriar-se dela, enquanto João, mais pragmático, se dividia entre pedir o apoio da Prefeitura pela manhã ou simplesmente devolvê-la aos pais e apagar aquele capítulo turbulento da sua vida. Difícil encontrar o meio-termo satisfatório. Mais e mais, a discussão resvalava para as questões mal resolvidas do casal, que, para Sandra, ganhavam ares de distanciamento e desamor, e para João, de irracionalidade ou insensatez.

Antes de chegarem a qualquer consenso, tornaram a ouvir a voz esganiçada de Rosa se aproximando do sobrado e, em seguida, pancadas insistentes na porta de entrada, o chamado pelos seus nomes em alto volume e os sucessivos badalos da campainha.

João se levantou da cama e abriu a janela do quarto.

– Calma, Rosa! – disse.

– Cadê a minha filha?

– Tá dormindo, se ainda não acordou com essa barulheira.

– Me dá ela.

– De manhã te damos. Te acomoda aí nas tuas coisas pra curar este porre.

– Abre esta merda. Eu quero a minha filha agora.

– Bêbada deste jeito? – perguntou João. – Nem pensar.

– Deixa a guria dormir em paz – interveio Sandra, assomando à janela. – Amanhã tudo se resolve.

– Não quero a Doralice sozinha com esse cara.

– Vai dormir ou vou chamar a polícia – disse João.

– Tu vais abusar dela também, que eu te conheço.

– Ninguém aqui vai fazer mal pra Dorinha – disse Sandra.

– Esse teu homem safado aí...

Sandra olhou para João com estranheza. Ele fez uma careta e girou o indicador junto ao ouvido, como quem diz "é louca!".

– Entrega a guria, seu tarado! – gritou Jerônimo. – Ou vou arrombar esta bosta.

Luzes se acenderam na casa da frente, uma cabeça espiou pela abertura do andar superior através das cortinas.

– Rosa, acalma esse sujeito ou eu chamo a Brigada. Eu estou avisando! – insistiu João.

Então, Jerônimo deu o primeiro encontrão na porta. E mais outro. João abandonou as negociações, se voltou para o interior do quarto e abriu o roupeiro. Pegou o revólver que dormia na prateleira de cima e conferiu se estava carregado.

– Que tu vais fazer? – perguntou Sandra.

– Preciso dar um susto neste cara.

– Nada de tiros.

– Não vou atirar nele – disse João. – Liga pro 190.

Novos estrondos se sucederam vindos do andar de baixo.

– Para com isso, Rosa – pediu Sandra, à janela.

– Me dá minha filha, sua puta. Quer ficar com ela, mas não vai levar.

João conferiu se estavam bem chaveadas as três fechaduras e acompanhou mais duas investidas de Jerônimo. Atravessou na abertura a barra de ferro que antes pendia sem uso e, depois, abriu a janelinha de espia e mostrou a pistola:

– Eu tô armado, cara. Fica longe da minha casa.

– Devolve minha filha, seu veado! – respondeu o outro.

– Vocês tão muito bêbados – disse Sandra, do segundo andar.

João caminhou até o pé da escada e perguntou para a companheira se havia chamado ajuda, mas ela empurrara para adiante a decisão. Argumentou que a polícia acabaria levando também a Dorinha e a afastaria deles e dos pais. Perderiam todos. Discutiram mais uma vez. Ele fugia da ideia de usar sua própria arma para se defender de Jerônimo e Rosa. Deixá-los entrar sem a garantia dos brigadianos estava fora de questão, mas precisariam explicar a eles, quando chegassem, a presença da criança no interior da casa. Os policiais militares dariam razão aos invasores, que apenas queriam sua filha de volta, e eles, tão bem-intencionados, poderiam ser acusados de sequestro e cárcere privado. Resolveu tomar a atitude por si, pois Sandra desconsiderava suas preocupações de natureza legal. Quando ele se dirigia para o telefone, uma pedrada espocou na veneziana.

– Abusado, filho da puta! – ouviu Rosa gritar.

João tomou em mãos o aparelho e teclou os três números do plantão da Brigada Militar. Pediu a presença urgente de uma viatura e deu o endereço do sobrado.

– Cu e calça... – ouviu Sandra dizer, atrás de si, quando pousava o telefone. – Então era isso?

– Vai entrar na dela?... Era só o que me faltava!

– Por isso sempre foi tão difícil tratar do assunto "filhos" contigo?

– Tá me tirando pra pedófilo?

– É ela quem tá dizendo, João.

– Não mistura as coisas.

– Tu abusaste da Rosa?

Ele sabia terem sido suas brincadeiras infantis o fruto de negociações pouco conscientes e equilibradas. Usara do corpo da amiga tanto quanto lhe oferecia em troca, mas tinha, com certeza, se prevalecido da sua inocência. Em seus joguinhos, se forjava um escambo meio desleal entre a relativa fartura de um e a pobreza extrema de outro, mas jamais sentira que abusara dela.

– A gente era criança, tava se descobrindo. Só isso.

– Ela era criança. Tu já eras mais crescidinho.

Rosa lhe franqueara sua intimidade, sim. Enquanto baixava as calcinhas de algodão barato, emprestava-lhe a segurança necessária para seguir caminho, para crescer e avançar de etapa, mas nunca ocorrera, entre os dois, qualquer ato de violência. Aquele interrogatório parecia-lhe injusto.

– Dez anos, Sandra!

– Forçou a Rosa a trepar contigo? – quis saber a outra.

– Para com isso.

– Trepou ou não trepou?

– Claro que não. Eu nem sabia como fazer.

– E se soubesse, faria? – perguntou Sandra, olhando-o com ar desafiador.

João suspirou fundo. Aquela conversa estava beirando a insanidade. Cortou o assunto. Sugeriu que a outra preparasse as coisas de Dorinha, pois a patrulha policial haveria de levá-la consigo, mas ela apenas se deixou cair no sofá.

– Que nojo! – disse.

Lá fora, o casal seguia a berrar ofensas, exigindo a devolução da menina "roubada". Ouviram o estrondo de uma pedra na parede da frente. João foi até a cozinha, pegou uma sacola plástica e começou a reunir os trastes de Rosa e Doralice espalhados pelo quartinho, enquanto Jerônimo dava novos encontrões na porta da rua.

– Que vergonha da vizinhança! – disse, quando depositou a sacola com os pertences das hóspedes no hall de entrada. – A gente não merecia.

– Foi ruim ter chamado a Brigada. Eles vão deixar a Dorinha sem pai nem mãe. Tu devias ter pena da guria.

– Qual a saída, Sandra? Me diz. Dar um tiro no tal Jerônimo? Deixar a louca entrar neste estado?
– Agora ficou claro por que tu queres te livrar da Rosa.
– Eu só quero a minha vida de volta. É difícil de entender?
– Tu não tens vergonha, João?
– Tentamos ajudar. Deu nisso. Agora, chega.
– Vão depositar a guria num albergue, ela vai ter uma infância de merda e, aos dezoito anos, vai ser jogada na rua pra ser puta, como fizeram com a Rosa. É isso que tu queres?
– Não vamos consertar sozinhos os males do mundo, Sandra. Nós sabemos disso desde sempre.

A companheira se armou de um semblante irônico:

– Todo sucesso pessoal deriva do egoísmo, não é mesmo? Todo sucesso deriva do egoísmo.

João estacou junto ao sofá, congelou-se, fuzilou-a com o olhar. Depois falou, pausadamente:

– Quer saber, Sandra? Vai te foder!

Uma nova pedrada certeira quebrou a janelinha da porta. Cacos de vidro se espalharam pelo hall e pelo corredor.

– Abre esta merda, filho da puta! – Jerônimo gritou pelo vão aberto.

Ainda dominado pela raiva que sua companheira provocara, João empunhou o revólver que trazia à cintura e caminhou ligeiro até a entrada. Enfiou o cano da arma pela vigia, espantando o agressor para o outro lado do muro com ameaças de tiro e de morte.

Mas ele era um policial apenas no distintivo. Não sabia bem o que fazer com aquele instrumento estranho. Logo desistiu de usá-lo. Nunca se renderia à violência como solução para os seus problemas. Além disso, o sarcasmo e as desconfianças de Sandra o feriam mais do que as xingações do par de bêbados lá fora. Deu meia-volta e se dirigiu à cozinha. Largou a arma sobre o balcão da pia e, depois, foi buscar a vassoura e a pá de lixo na área de serviço. O melhor a fazer, então, era recolher os cacos.

Entre favores e riscos

Jamais havia imaginado ter o Cabo Ruivo abancado em sua sala de visitas. Evitara se relacionar com ele por todo o período em que trabalhara no Instituto Médico Legal, pois o que se dizia por lá é que o homem era mau peixe. Pairavam sobre ele e a sua tropa as suspeitas mais variadas, desde o sumiço ou o plantio de provas, que complicavam o trabalho da perícia, até a participação sistemática em cruas ações de extermínio daqueles que, a seu juízo particular, podiam ser considerados bandidos, vagabundos ou simples desafetos. Agora dependeria de favores de um policial corrupto, com fama de assassino.

A atitude tomada pela companheira, trancada no quarto com Dorinha, forçava João a negociar uma saída honrosa com o soldado metido a justiceiro. Precisava contornar a formalização de queixas contra eles e evitar o risco de se perderem em explicações díspares e confusas perante uma delegacia.

Rosa e Jerônimo, que haviam confrontado os brigadianos com uma recepção agressiva, haviam sido recolhidos à força a uma das viaturas. Agora, o Cabo Ruivo batera à porta do sobrado para conversar sobre as denúncias de abuso e roubo da filha do casal, que permanecia sob guarda dos proprietários. Acomodados na saleta, João havia explicado tudo o que ocorrera desde a volta das férias e buscava uma solução alternativa, mais cômoda, à pura e simples formalização da tentativa de acesso forçado à casa. Queria sepultar o assunto, e o seu interlocutor se mostrava receptivo. Apoiar Rosa e Jerônimo de nada lhe valeria. O outro tinha mais a lhe oferecer.

– Eu sumo com o cara e solto a mulher, se é isso o que o colega deseja – disse o Cabo.

– Sumir é um verbo muito forte.

– Modo de dizer – riu-se o militar. – Tiro daqui e levo pra longe. Solto lá na Restinga, Lami ou Itapuã e podemos esquecer esse assunto. Garanto que vai levar um bom tempo pra voltar.

– E deixa a mulher seguir em paz. Só corre com ela aí da frente.

– Posso fazer esse favorzinho.

– Eu agradeço.

– É bom ter amigos no IML.

João gelou. Sabia o quanto lhe custaria aquela pequena concessão.

– Vida de policial é difícil. Se a gente não se ajudar, nos ferramos todos – seguiu o outro. – Mas a criança precisa sair junto com a mãe. Ou a vagabunda vai continuar fazendo o maior escarcéu e vai sujar pra todos nós.

– Claro. A criança vai com ela.

— Tua esposa parece discordar — falou o militar, fazendo um gesto vago em direção ao andar de cima.

— A Sandra tem pena de entregar a bebê nas mãos dessa louca no trago em que ela está.

— Se registrar o caso na delegacia, a menina fica mais protegida.

— Eu conheço a mãe de longa data. Não quero que ela perca a guarda da guria por causa de uma arruaça na minha porta. Quando curar a bebedeira, tudo vai se acalmar. Tava tudo bem até chegar esse cara.

O Cabo Ruivo se ajeitou no sofá e olhou para o dono da casa com curiosidade:

— Desculpe perguntar, mas tem essa conversa de abuso. Tava rolando alguma espécie de negócio entre vocês?

João meneou a cabeça:

— Esta mulher é louca. Só demos abrigo no temporal.

— O temporal foi há dois dias — disse o outro.

— Sim. Foi há dois dias. E então a guria ficou doente...

Deu as costas ao Cabo e suas insinuações, se dirigindo à escadaria. Precisava convencer Sandra de que a solução construída há pouco na sala de visitas seria a melhor saída para todos. Assim que as viaturas da Brigada Militar haviam chegado ao sobrado amarelo e os policiais trataram de sujeitar Rosa e Jerônimo com alguma pancada e truculência, Sandra se fechara no quarto de casal em companhia da menina. Não tencionava entregá-la a ninguém.

À meia-luz, Dorinha dormia tranquila em seu berço improvisado, alheia a todo o rebuliço que causara, sob o olhar atento daquela que se candidatava a ser a sua mãe postiça. O tempo que Sandra estivera ali, sozinha com a bebê, fora de profunda reflexão sobre os acontecimentos daqueles dias.

Quando João bateu à porta de seu esconderijo, ouviu-a dizer, com voz pausada e calma:

– Se tu entregares a Dorinha, então é melhor sair de casa junto com ela.

PARTE III

A solidão
das vidas vazias

As duas malas onde Sandra havia jogado as roupas de João às pressas, na terça-feira à noite, não traziam toalhas nem lençóis. Ao passar pelo escritório, à hora da saída, ele recolhera apenas o laptop e reunira uma dúzia de CDs de sua preferência. Isso era tudo de que dispunha para o seu conforto na sua nova morada de Petrópolis, além do sofá-cama vermelho e da geladeira descartados pelo último inquilino. Mas não era de utensílios e artefatos que sentia falta. Se há algo de bom que se aprenda com as separações, é o fatal desdém pelas quinquilharias. Ainda estava atônito com a decisão abrupta da companheira de romper com a relação harmônica que mantinham há tantos anos.

Com as costas se desviando de molas pontudas e teimosas, que justificavam o abandono do sofá pelo antigo dono, João se pusera a catalogar os ruídos até então desconhecidos daquele bairro a que necessitava de golpe se adaptar. O ladrar alvoroçado de um único cachorro era capaz de provocar uma sequência solidária de uivos, crescendo de um lado e de outro pelos terrenos vizinhos, como ondas excruciantes de desassossego. Grilos solfejavam em agudo e uma coruja solitária soltava resmungos graves de quando em vez. A cada abertura do semáforo mais próximo, em espasmos ritmados, emergia um rumor de automóveis e motocicletas de partida. Sobressaía-se em constância o volume da tevê de algum morador meio surdo, vomitando tiroteios, estrondos e derrapadas. Talvez animasse a despedida de um casal de namorados o tum-ti-tum-ti invasivo de um carro estacionado nas redondezas. Ruídos que transitavam pelo ar do bairro com a limpidez perversa que antecede os temporais e invadiam o apartamento vazio, se fundindo ao ronco exagerado da geladeira velha, ligada por ele sem razão objetiva, como um ato inaugural de posse.

O tempo, lá fora, anunciava uma nova viração. As sombras oscilantes de uma palmeira mexida pela ventania traziam movimento ao teto penumbroso da sala envidraçada, aquele oceano em ponta-cabeça que se derramava impiedoso sobre ele. Sentia a profunda solidão que apenas quem já amou e foi abandonado é capaz de experimentar. A solidão das vidas vazias.

Ecos dessa coleção de inconveniências ribombavam na sala nua, lembrando-lhe, pela vacuidade sonora, as tantas famílias que poderia abrigar nos amplos espaços desocupados na madrugada tenebrosa que se anunciava. Onde se esconderiam Rosa e Doralice quando se despejasse o próximo aguaceiro?

Não sentiu surpresa em se ver preocupado com a sorte das duas. Rosa, desde a primeira hora, demonstrara-lhe alguma desconfiança, e, a cada novo encontro no correr daqueles dias, dera maior vazão a sua contrariedade com os feitos do passado comum. Talvez tivesse dificuldades de se confrontar com a distância das rotas antagônicas que haviam percorrido e, indiretamente, o culpasse. Ainda assim, o que o movera a auxiliá-la fora a solidariedade diante do desamparo. Era um reflexo às avessas, generoso, frente ao mesmo choque provocado pelas trajetórias enviesadas de um e outro. O ódio que ele vira exsudar dela aos poucos não alterava em substância o que sentira desde o reencontro. Dó. Pena. Tristeza. Amargura.

Mais raiva tinha de Sandra, que o tratara com um desprezo impensável. Nunca topara com aquela faceta da companheira. Haviam agido, por certo, sob prismas diferentes. Ele, movido pela ressaca moral que alimentara no transcurso da viagem de retorno do Uruguai, beneficiário aturdido da desigualdade que sempre o importunara. Ela, prensada pelo constrangimento de apoiá-lo a vencer um dilema interior – ajudar ou não alguém que lhe fora importante –, propósito que se desviara, no curso de poucas horas de convivência com Doralice, para o rebrote egoísta e irrefreável do desejo de ser mãe. O instinto materno, avivado com sucesso pelas amigas argentinas durante o veraneio, a inundara como um tsunami e perturbara sua visão das coisas. Talvez tivesse revivido as más experiências e dificuldades do passado e buscara um culpado de plantão. Fora um surto, haveria de passar.

Por sorte, ele pudera se abrigar no apartamento herdado para lhes dar o tempo necessário ao refazimento dos laços enfraquecidos. Torcia para que fossem capazes de cuidar das feridas rombudas que se tinham aberto. O esboroamento da confiança entre eles era, para João, o pior dos mundos. Mais do que o vago e romântico conceito de amor, em seu modo de enxergar a ciranda dos afetos, a confiança era o esteio de qualquer relação. Da parte dela, a chama da confiança se apagara, minada por uma suspeita descabida sobre o seu caráter. Nele, pesava mais a mágoa de se ver em posição subalterna à de Doralice no tocante ao interesse de Sandra.

Fora ela quem conseguira resgatá-lo das profundezas de sua baixa autoestima, fazendo dele um ser escolhido a dedo entre inúmeros pretendentes respeitáveis. No universo das relações afetivas que vivenciara até o encontro mágico com Sandra, se situava sempre como um sujeito menor, desimportante, condição a que a companheira o devolvera no curto espaço de um par de dias, pois com Dorinha poderia ficar, sem Dorinha, não. Era um hipopótamo gigantesco e indigesto para engolir. Assim o trataria ela, quando fosse mãe? Tivera ele a antevisão desse quadro de subalternidade, lá atrás, quando empurrava para diante a decisão incômoda de ter filhos?

A questão estava posta e os riscos estabelecidos. Ainda assim, sentia falta dela; perdera a sua companhia e se haviam embaralhado as referências de toda sua vida adulta.

Choveu durante a noite e ele precisou fechar as janelas voltadas para o lado sul. Tornou a pensar na criança, que sequer encerrara o tratamento com o antibiótico. Esperava que Rosa tivesse aprendido com Sandra a dosar o remédio. Que ao menos a bebedeira houvesse amainado e ela estivesse atenta aos queixumes da menina.

Antes de ir para o trabalho, na manhã seguinte, contornou vagarosamente o Parque da Redenção com a esperança de reconhecer em algum canto a lona azul e o carrinho de supermercado com os trastes de Rosa. Pela hora em que ela havia deixado o jardim do sobrado amarelo, imaginava que não tivera ânimo para buscar outro refúgio mais além do arvoredo do parque. Teria sido reconfortante poder dar notícias de Rosa e da pequena para Sandra, mas não as encontrou por aqueles lados.

Nas rápidas saídas com o rabecão para atender um acidente na Silva Só e um suicídio no Passo d'Areia, e também ao final do turno de trabalho, estivera a buscar por mãe e filha entre os inúmeros acampamentos de sem-teto que dominavam as marquises e calçadas da cidade. A experiência recente despertara nele um novo olhar sobre o *povo das ruas*, que antes lhe era quase invisível. Percebia serem muitas as pessoas morando ao léu. As estatísticas precárias da Prefeitura alinhavam mais de mil apenas na zona central.

O telefone celular, ao qual se mantivera atento no correr do dia inteiro, sonegara-lhe o acalanto de uma voz tristonha e arrependida. Sandra era queixo duro, como se apelidava no campo o cavalo difícil de amansar. Vira-se diante do desconforto em aceitar a interrupção indesejada de um sonho bom e criara monstros. Custaria a reconhecer seu exagero. Quanto a João, só o tempo lhe diria se estava certo ou errado em manter vivas as esperanças de reatar.

Deu uma fugida ao fim do expediente até as lojas da Azenha para equipar um pouco a sua nova casa. Sandra e ele precisariam aplainar seus caminhos aos passos, sem as urgências que a irracionalidade impõe. Suas fontes de atrito eram questões de fundo. Do próprio sentido que pretendiam dar a suas vidas.

Em dívida
com a humanidade

Demorei a me acostumar com o parceiro silencioso e ensimesmado que João se tornara após a separação. Sandra lhe dirigira apenas monossílabos desde que o expulsara de casa. Semanas haviam se passado sem que mostrasse qualquer sinal de recuo, ao passo que ele seguia impaciente à espera de um perdão por pecados que não cometera, dormindo mal no sofá-cama desbotado e vivendo de improviso no luxuoso apartamento de Petrópolis. Suas duas malas serviam de roupeiro. A geladeira guardava apenas leite, cerveja, um tablete de manteiga, pão de sanduíche e frutas. Usava pratos e copos descartáveis. Descuidara-se com a aparência e emagrecera a olhos vistos. Era raro aceitar um convite para um trago depois do serviço ou que se permitisse uma noitada com os colegas. Inimaginável algum encontro, ainda que fortuito, com alguém do sexo oposto.

Sei que, por vezes, fazia rondas pelo quarteirão da Rua Octávio Corrêa onde ficava o sobrado amarelo, na esperança de topar com Sandra. Luzes apagadas o deixavam triste. Iluminação em demasia o fazia enciumado. Uma vez, descera do automóvel para checar se o portãozinho tinha sido consertado e se haviam feito uma faxina cuidadosa no jardim após a partida dos invasores. Verificou que as manchas de fuligem na parede frontal deixadas por Caçapava persistiam intocadas e seu olfato apurado reconheceu parte dos cheiros impróprios que encontrara no retorno de Punta del Este. A vigia de um palmo de altura na porta de entrada, destruída por Jerônimo, havia sido substituída por nova, mas eram ainda perceptíveis as marcas de pedradas nas paredes e nas venezianas.

Na última circulada que deu por lá, sentiu-se muito desconfortável com o olhar enviesado e fugidio do morador do sobrado dianteiro, antes sempre solícito, para quem a referência que restara sobre ele fora a acusação de tarado e abusador.

Faltou ao trabalho algumas vezes, por puro desânimo. Abandonou o costume de troçar com os vizinhos de engarrafamento e de provocar com sarcasmo os olhares temerosos lançados ao rabecão. O cotidiano perdera, para ele, muito de sua graça.

Habituei-me a reduzir a velocidade quando passávamos em frente dos albergues públicos ou da Casa de Ramiro, na Avenida Getúlio Vargas, onde serviam sopa aos desabrigados, ou diante dos agrupamentos de sem-teto pela cidade afora, para que João pudesse procurar por Rosa e Doralice. Refazia percursos a pedido dele para cruzar sob o viaduto *da Marli* ou passar pelo cruzamento em frente à

Faculdade de Medicina, ou pelos redutos protegidos sob as elevadas da Conceição, da Silva Só ou Obirici. Sei que aos finais de semana revirava parques e praças, pois estabelecera para si mesmo que reencontrar mãe e filha seria sua única chance de redenção.

João tinha pouca clareza da atitude que tomaria se alcançasse sucesso em sua busca. Estava em dívida, mais do que com Rosa, com a humanidade inteira, com a opressiva desigualdade em que viviam mergulhados. Mas, mesmo que quisesse ajudá-la de algum modo, via-se incapaz de mudar a perspectiva da amiga de infância sobre as recordações nebulosas que ela levava consigo. O menino inconsequente e avoado que havia sido acabara abrindo as portas da alma e do corpo de Rosa para todo um exército de homens toscos e abusivos. Um ou dois, apenas, das centenas que se enfiaram nela, lhe haviam oferecido alguma migalha de afeto. Como esperar clemência ou recepção amistosa? Ainda que sem querer, ele tivera responsabilidade naquela construção. O piazote ingênuo dera início ao processo. Impossível consertar o estrago feito.

Mais de uma vez lhe perguntei se, passo seguinte, cometeria outra vez a loucura de levá-las consigo para a nova morada, mas nunca obtive respostas concretas. Movia-o a mais irracional das angústias. Numa oportunidade, falou algo confuso sobre corrigir injustiças e dar para Doralice a expectativa de futuro que Rosa nunca tivera.

Felizmente, por aqueles dias, o Cabo Ruivo não iniciara ainda a atordoá-lo com demandas impróprias e Jerônimo não aparecera morto num canto qualquer da cidade, temor que o meu parceiro havia carregado sobre os ombros, ao menos por uma semana, depois da noite fatídica em que seu mundo desandara.

Saber o que se passou com Sandra neste período, por quais dilemas transitou e o quanto suas dúvidas e emoções sacudiram os alicerces de seu amor por João é a parte mais difícil para mim. Minha fonte principal para este relato sempre foi o próprio João, meu colega de trabalho no IML, e, quando avançam os atritos entre o casal, mais as versões hão de se tornar conflitantes. Ainda que tudo aqui relatado represente uma verdade possível, um tanto fui forçado a inventar.

Sei que ela tratou de reforçar a segurança da casa. É provável que a tenha revirado do avesso com uma faxina monumental, para se livrar da memória olfativa da outra. Certamente, deu sumiço em toalhas, lençóis e utensílios usados pela hóspede durante sua estada no sobrado amarelo.

Quanto ao que se passou em seu íntimo, penso em duas vertentes dominantes. A primeira delas, o desconforto por ver pontilhar-se de nódoas negras e desagradáveis o espelho que refletia a imagem, antes tão límpida, do companheiro. O tempo deve tê-la ajudado a enxergar algo de inocência nas atitudes dele. Em algum momento, para quem viveu sua infância nos anos setenta, muitos de nós tínhamos brincado *de médico* com um amigo próximo ou prima querida. Distanciada da figura adulta de Rosa, afastados os preconceitos e as más sensações de caráter físico que a outra lhe inspirava, o tempo há de ter roído o constrangimento e o mal-estar de ver *seu homem* no papel de um cínico aproveitador de meninas ingênuas. Nada no João que vira crescer como ser humano, ao longo dos últimos vinte anos, suscitara-lhe, antes, questionamentos éticos daquela natureza. A segunda vertente é clara: a questão lisérgica da maternidade. Este é um tema complexo demais para ser tratado por um velho solteirão solitário. Alguém como eu, que consumou centenas de coitos e partilhou orgasmos de todos os tipos, pensa nos hormônios sexuais femininos – acionáveis por atos, gestos, pela imaginação e por toques – como uma espécie de alucinógenos autoproduzidos. Alguém como eu também se limita a entender o útero como uma goleira de futebol, cuja rede impede a bola de seguir rolando mundo afora e, quando ultrapassada a sua portinhola estreita, dentro das regras do jogo e no tempo certo, garante mudanças irremediáveis no resultado da partida. Não muito mais do que isso. Um homem como eu nunca saberá o suficiente sobre o mistério da maternidade e a torrente de emoções que acarreta. Nunca poderá compreender a pleno esta experiência e discorrer sobre ela com propriedade. Por isso, não faço muita ideia do que se passou verdadeiramente com a cabeça de Sandra. Sei que foi uma insanidade temporária e muito fiz para que João se aliviasse das responsabilidades que não lhe cabia suportar.

Na única ocasião em que me tocou falar com Sandra, admito ter me comportado mal. Fui ousado e desrespeitoso, pois não tínhamos intimidade que autorizasse minha impertinência. Do nada, asseverei, com a dureza necessária para fazê-la pensar:

– Foste injusta com ele. O João é o sujeito mais correto que eu conheci.

Talvez, ao final das contas, essa minha intromissão o tenha ajudado de alguma maneira. Frases certas, espasmos abruptos de sinceridade nos momentos precisos, têm um poder descomunal.

A fina lâmina
da felicidade

Era um dia luminoso de outono, e João, às dez da manhã, completaria quarenta e um anos de vida. Estava feliz, pois Sandra lhe mandara uma mensagem simpática e gentil de cumprimentos pelo aniversário. Carinhosa como nunca mais tinha sido.

Esta fina lâmina de felicidade que ele ostentava logo haveria de se romper, ao toparmos com a primeira defunta do dia, debruçada na barranca do Arroio Dilúvio. Ao vê-la, meu parceiro cambaleou, arriscou cair da ribanceira e precisei ajudá-lo a se sentar na grama alta do talude. Cumprindo o que seria uma tarefa rotineira da manhã, tocaria a nós – lixeiros de humanos que éramos – recolher da beira das águas podres do riacho para o furgão do IML os restos de Rosa, a amiga de infância de João.

Nessas condições foi que eu a conheci.

A mulher esquálida e maltratada, morta na madrugada fria, era a versão destruída da menina franzina que subia ao apartamento do bairro Glória, alternando vestidos rodados de segunda mão – um de xadrez miúdo, outro vermelho – para assistir a programas de tevê numa tela de vinte polegadas, sem similar em sua casa modesta. A estas alturas, aparentava bem mais idade do que João e experiências ruins eram parte expressiva das poucas "riquezas" que acumulara.

Barreiras de classe, à época, costumavam ser quase intransponíveis. O novo governo passara a oferecer alguma réstia de esperança para os pobres. Entretanto, não mais para a infeliz que jazia inerte ao lado da ponte. Sua morte cristalizava as diferenças que a vida consolidara entre João e ela. Entre *o povo das casas* e *o povo das ruas*, na singela classificação forjada por Caçapava. Isso, para além do assassinato vil, era o mais impactante para João.

Em sua jornada particular de crescentes confortos, com a retaguarda sempre bem guarnecida por uma família de posses, ele pudera se contentar com um cargo mediano no funcionalismo público. Por seu lado, ela nunca tivera esperanças concretas de sobrevivência digna.

Ao reencontrá-la pela primeira vez ao fim do verão, quando Sandra e ele voltavam da praia, o contraste entre os dois mundos havia sido demolidor. Não a reconhecera no lusco-fusco do anoitecer porque sequer a olhara com consideração, malgrado tivesse alguma importância no seu passado distante: tinha sido a primeira menina que vira nua.

Eu o entendi, então. Poucos dias antes, tendo topado com um mendigo estirado entre trapos e sacolas numa calçada do bairro, mais uma vez apenas tratei de contorná-lo, nauseado pelo fedor de suor rançoso e urina choca que emanava dele, sem me preocupar se a prostração do homem era resultado de um excesso perigoso de álcool, efeito de alguma doença letal ou, mesmo, porque já estivesse morto. Passado tanto tempo, ainda sigo evitando o contato com esses seres incômodos espalhados pelas ruas e parques ou faço de conta que não os vejo. Sinto uma ponta de medo. Tenho um tanto de desprezo. Por vezes, sinto asco. Quiçá, eu esteja desumanizado. Mas eu não estou só. Nós somos muitos, uma imensa maioria. Estamos anestesiados pela frieza.

No corpo encardido e magro da Rosa defunta, a buceta exposta já não suscitava quaisquer desejos. João percebia, pelo vão das pernas abertas a noventa graus, um rasgo profundo à esquerda da vulva, um naco da carne partida pendendo para o lado como o lóbulo de uma orelha gigante do qual se arrancara o brinco com brutalidade. Estava irreconhecível o ventre feminino que tanto lhe havia excitado os sentidos quando conviveram na Rua Comendador. Alguém andara por ali umas poucas horas atrás, talvez um Caçapava ensandecido, um Jerônimo impaciente, um endemoniado Cabo Ruivo, de quem João esperava qualquer gesto atroz. Ou mesmo um invasivo cassetete ou o rombudo cano de uma arma dos comparsas do miliciano.

Estranhas lufadas de vento vinham do sudoeste, espalhando pela Avenida Ipiranga um enjoado bodum de esgoto desde a foz do arroio, no Guaíba, até o local em que trabalhava a equipe do IML, uns quarteirões adiante.

O perito em serviço, incomodado com o mau cheiro do Dilúvio, mostrava desleixo em preservar a cena do crime, pois a vítima era uma simples moradora de rua, um resíduo descartável da nossa civilização. Ninguém daria seguimento ao inquérito, como sempre. Ele sabia, todos sabiam. Nenhum parente reclamaria por ela, nem trataria de buscar os seus restos mortais. Em casos assim, que contribuíam para alimentar um inimaginável tráfico de cadáveres, a perícia pouco caprichava nos relatórios, deixando de buscar sinais e detalhes úteis à investigação. A Delegacia de Homicídios de Porto Alegre tinha quase um crime diário para resolver no início dos anos 2000 e um time enxuto de policiais.

O homem preenchia seu bloco de notas como uma formalidade necessária, de modo displicente, mais preocupado com o café que esfriava no painel da viatura. Não entendia a irritação de João, a fúria inusitada pelo seu descaso pouco profissional. O cotidiano da segurança pública dava ares de normalidade ao desastre e ao desespero. Haviam enfrentado situações similares sem que João mostrasse tanto zelo.

Eu tentava acalmar o meu parceiro de rabecão. Compartilhava das suas suspeitas, mas me considerava um macaco velho, nunca deixava de ser cuidadoso.

Brincando como de costume com as origens de classe do colega de trabalho, eu lhe dizia:

– Doutorzinho, pra esse povo não existe lei.

Ele ficara em dúvida se eu me referia somente à vítima dos maus-tratos – a pobre Rosa – ou estendia minhas considerações filosóficas aos justiceiros, que se avocavam o direito de limpar as ruas do que consideravam lixo.

Deixei-o livre para suas maquinações. Mais uma vez, quem anunciara o corpo havia sido o Cabo Ruivo, que agora vistoriava os arredores da cena do crime com seu séquito de trogloditas carregados de mortes nas costas. Por que sempre se encontrava o rastro de seus coturnos em torno dos corpos de mendigos assassinados? Por que o maldito brigadiano levava a farda suja de terra na altura dos joelhos?

"Ossos do ofício", explicaria ele com um sorriso cínico, se perguntado, apressando o trabalho da Civil por causa do engarrafamento no trânsito da avenida ou qualquer outra razão estúpida.

João gostaria de ter anunciado ao perito: "Eu conheço a vítima". Fantasiava que, com essa atitude, teria reservado para ela um traço mínimo de consideração que pudesse advir do corporativismo policial. Mas não o fez. Por vergonha? Por complacência com as agruras do mundo? Por frouxidão? Ou por que também ele dava pouca importância para Rosa, em si? Rosa era assunto descartado. Acerto de contas do tráfico de drogas seria a provável conclusão do inquérito. Assassino: desconhecido.

A morte da amiga de infância ajudava a borrar um passado incômodo, mas persistia o sentimento de responsabilidade que ele carregava em seu íntimo, sobretudo por ter envolvido a turma do militar truculento na trajetória da coitada.

– Esta vagabunda não te incomoda mais – dissera o Cabo, provocando-lhe um arrepio na base da espinha.

Sob a arcada da ponte, a dez metros de onde estivera o cadáver recolhido ao rabecão, entre panelas chamuscadas de negro e um botijão de água a meio pau, roupas se amontoavam dentro de um carrinho de supermercado. Sobre elas, um singular relógio de parede com um ponteiro só e fardos de latas de alumínio reciclável, lembrando haver ali resquícios de trabalho útil para a sociedade.

– Pra que este lixo idiota?

Esta tinha sido a última pergunta preconceituosa do Cabo Ruivo, apontando para o relógio estragado, quando Rosa tirava o seu conjunto de tralhas do jardim do sobrado amarelo.

– Mesmo um relógio parado vai estar certo duas vezes ao dia – ela havia dito por sobre o ombro, altiva, levando Doralice aconchegada ao peito, antes de cair no mundo mais uma vez.

Para além do carrinho emborcado, viam-se as mantas plásticas azuis e nacos retangulares de espuma a servirem de colchão. Por certo, em algum lugar perdido, encontraria – quem procurasse – as joias improvisadas de Rosa, a foto austera da mãe, o chocalho de gatinho com que distraía a bebê. Nada ali indicava a presença de Caçapava, nem do intragável Jerônimo.

Num pequeno varal improvisado, João encontrou um primeiro sinal de Doralice. Estendido entre o arco do passadiço e um arbusto desfolhado, secava ao sol um moletom cinzento, contrastando com o branco-sujo de uma camiseta infantil, que exibia à altura do peito um desenho de dinossauro: verde, simpático e sorridente.

– Vamos embora, João – eu gritei da porta da camionete.

– Já vou – ele respondeu.

Os seus olhos ansiosos, ancorados na corda de roupas, cruzaram com os do Cabo Ruivo. O homem sorriu tranquilo, sem abrir os lábios, como de hábito. Moveu um dedo sutil para o monturo de trastes, balançando um sapatinho de bebê na outra mão. Junto ao saco de dormir, para onde o brigadiano apontava o dedo, um volume alongado se movia e dois pezinhos descalços – arroxeados e inocentes – emergiam dentre os cobertores.

Mais uma vez, impulsionado pela condição passiva de Rosa, João sentiu estar se alçando para um novo patamar. Fixando-se nos olhos sinistros do outro, sussurrou com firmeza, escandindo cada sílaba despejada:

– Ela é minha.

Nascia ali, naquele momento, a personagem que eu batizaria – numa de nossas brincadeiras perversas e cruéis – como *a filha do Dilúvio*. Para uso restrito, à época, nas nossas andanças a bordo do rabecão.

Simplesmente Dora

Com João nervoso ao meu lado, dirigi o furgão pela Avenida Ipiranga, rumo ao Palácio da Polícia, levando o corpo de Rosa para o exame dos legistas. O olhar dos que nos rodeavam – em carro, bicicleta, ônibus, carroça ou a pé, o que fosse – era sempre circunspecto. Miradas que flutuavam entre um leve desprezo e uma sensação de desconforto atemorizado. Dizer que fazíamos aflorar as emoções de todos que cruzavam o nosso caminho era parte das piadinhas recorrentes do pessoal da repartição.

Desta vez, também nós estávamos alvoroçados. Havíamos cometido um crime e usávamos o veículo do IML para terminar de executá-lo. Era um pecadilho menor, quase um ato de nobreza, se comparado às barbaridades que se atribuíam ao Cabo Ruivo, de quem João acabara de receber Doralice. Ainda assim, era um mau passo que poderia gerar transtornos funcionais e, no limite, nos jogar na cadeia.

Primeiro, tentei demovê-lo da loucura de se apropriar da criança para si. Eu estava possesso. Havia me transformado num cúmplice involuntário de seu gesto. Embora fosse causar estranheza, por não ser tarefa atribuível a nós, ainda tínhamos tempo de entregá-la ao delegado da Homicídios para os encaminhamentos devidos, que se encerrariam com a guarda da menina por um albergue judiciário. Da forma precipitada com que me havia envolvido na questão, ficaríamos os dois, eu quase ao final da carreira – já providenciando a papelada da aposentadoria –, nas mãos do miliciano corrupto, testemunha indigesta e artífice da nossa transgressão.

O Cabo estava certo. "Achei mesmo que o pacote podia te interessar", dissera para João à beira do riacho. O cinismo era parte relevante de seu repertório de qualidades.

Sinalizando com o polegar para os despojos que levávamos, eu disse:

– Se foi ele quem matou a coitada, podemos virar cúmplices do assassinato. Tu percebes isso, Doutorzinho?

– Não vai dar problema – ele respondeu.

– Olha bem, não estou dizendo que foi o Ruivo. Deus me livre de fazer acusações contra esse cara!

João se voltou para a janela do lado. Um mendigo pedia esmolas no sinal, com um cartaz seboso, em que anunciava sua fome permanente, a última estratégia de assédio para angariar piedade nas esquinas. Pensou em lhe dar uma moeda – seu estado deplorável não era uma simples mentira –, mas estava ocupado com a menina. Carregava Doralice no colo, embrulhada como múmia nos trapos com que o Cabo a escondera. Ele lhe entregara a bebê com a dissimulação que bem o caracterizava. Estava feliz e não pedira qualquer pagamento em espécie.

Doralice adormecera com o movimento do furgão. Ou sequer tinha forças para chorar. Seu rosto estava afilado, os olhos opacos e remelentos e cheirava a fralda vencida.

– Quem foi o assassino nós nunca vamos saber. Pega a Eça de Queiroz e me deixa em casa – João disse.

– Não mesmo – retruquei. – Largamos a morta no IML e tu te viras com a criança. Eu não vi nada. Eu não sei de nada. Nem te vi enfiar esse charutinho aqui dentro.

– Que é que te custa me largar em casa? – insistiu ele.

– Filho de desembargador nunca vai pra cadeia. Eu sou chinelo. Vê se me deixa fora desse teu enrosco. Tua casa não tá no nosso trajeto.

Fui pragmático. Seguimos em silêncio até o Instituto Médico Legal. Estacionei o rabecão perto da entrada de serviço e desci apressado, sem dar margem para hesitações. Pedi que me ajudasse a passar o corpo de Rosa para a maca. Ele obedeceu. Pegamos a padiola mais próxima e abrimos a porta traseira do furgão. Aceitando um último resíduo de cumplicidade, me propus a dizer para o chefe que ele estava passando mal e precisara sair mais cedo.

Por que o ajudei, afinal? Por que me envolvi? Porque éramos amigos. Sei por experiência diária que o mundo é um cipoal de maluquices e requer de nós muita coragem e jogo de cintura. Não existem mocinhos cem por cento bons nem bandidos incapazes de algum gesto razoável. Mais do que isso: demônios, se houver, estarão mais visíveis sempre "do lado de lá". A lisura pretendida, às vezes, se confunde com a tolice e as urgências da vida se atordoam com a lerdeza da Justiça. Haja vassoura para tanta sujeira. Nem sempre o que está na lei é o que parece o mais justo.

– Levo a Rosa lá pra dentro – eu disse.

Movemos a bandeja com o corpo envelopado em negro para o carrinho.

– Vou cuidar bem da Doralice – ouvi João sussurrar para a defunta.

Depois, empurrei a maca para o interior do prédio, enquanto ele retornava à cabine e recolhia "seus pertences", ocultando *a filha do Dilúvio* com o jaleco de trabalho.

A proximidade das onze horas aplacara o frio matinal e o dia ensolarado se vestira do mais completo e brilhante azul. Mas ainda ventava muito, não se afastara o risco de o céu se inundar de nuvens outra vez e se formar um novo temporal.

João acomodou a bebê ao seu lado, no banco dianteiro do seu carro, de modo que pudesse conduzi-la em segurança no trajeto para o seu novo lar. De algum modo, sentia-se leve. Apaziguado. Eterno. Estava aí a palavra mágica, redentora, que antes não conseguia vislumbrar: eterno. De golpe, se tornara eterno.

Orgulhoso, enviou uma mensagem para Sandra, via celular, no primeiro semáforo que encontrou fechado: "Agora sou o pai da Dorinha".

Na garagem do prédio, tomou o elevador de serviço abraçado ao seu charutinho de panos. Demorou a atender ao chamado do telefone, que tremelicava no bolso de seus jeans. Quando o fez, ouviu a voz entrecortada de Sandra recitar um poema esquecido:

– João?... Está me ouvindo?... João?

Ele não conseguiu lhe dizer nada. Sua voz sumiu. Talvez, de qualquer modo, ela não pudesse entender a fala distante de alguém encerrado na gaiola metálica e movediça do ascensor. De fato, ao passar pelo sexto pavimento, a ligação caiu.

Decidiu por desligar o aparelho, pois o que ouvira da companheira de tantos anos lhe bastava. O recado chegara ao seu destino e ele tinha boas esperanças de que Sandra viesse ao seu encontro. Se não, seguiria só. Ou, melhor dizendo: já não seguiria só, pois agora tinha com ele Doralice.

Entrou no apartamento e a instalou, adormecida, no sofá vermelho. Olhou para ela com curiosidade. Menina-bicho, nascida e criada nas ruas. Fedia a urina, leite talhado e roupa suja. Inundou-se de um carinho súbito. Trocaria seu nome para Dora. Simplesmente Dora.

Foi até a sua coleção de ímãs com anúncios comerciais fixados à porta da geladeira barulhenta pensando em pedir uma entrega urgente de fraldas, artigos de bebê, lenços umedecidos e de uma pomada para assaduras. Aproveitou e tratou de subir para o congelador o espumante que havia comprado para festejar sozinho o seu aniversário. Agora, talvez lhe fizessem falta as taças apropriadas, mas sabia que Sandra, caso aparecesse, não era mulher de se importar com isso.

A filha do
Dilúvio

Libretos

Livro com 208 páginas, composto em Palatino, impresso em papel polen 80 gramas, na gráfica Copiart, em março de 2022, em primeira reimpressão, quando a capital Porto Alegre/RS completa 250 anos.